Alzar la voz

T0284298

PIZCA DE SAL

1.ª edición: febrero 2022

© Del texto: Ana Alonso, 2022
© De las ilustraciones: Luis F. Sanz, 2022
© De las fotografías e ilustraciones del dosier: Istockphotos/Getty Images
(Af_istocker; Anna Gorbacheva; Cn0ra; DimitriiSimakov; Evgeniy
Skripnichenko; Fototocam; Ponomariova_Maria; Protock-Studio; Seb_ra)
© Grupo Anaya, S. A., 2022
Juan Ignacio Luca de Tena, 15. 28027 Madrid
www.pizcadesal.es

Diseño de cubierta:
Miguel Ángel Pacheco, Javier Serrano
Patricia Gómez Serrano

ISBN: 978-84-698-9159-9
Depósito legal: M-33756-2021
Impreso en España - Printed in Spain

PAPEL DE FIBRA
CERTIFICADO

*Reservados todos los derechos. El contenido de esta obra está protegido
por la Ley, que establece penas de prisión y/o multas, además de
las correspondientes indemnizaciones por daños y perjuicios, para quienes
reprodujeren, plagiaren, distribuyeren o comunicaren públicamente,
en todo o en parte, una obra literaria, artística o científica,
o su transformación, interpretación o ejecución artística fijada
en cualquier tipo de soporte o comunicada a través de cualquier
medio, sin la preceptiva autorización.*

Ana Alonso

Alzar la voz

**Ilustraciones
de Luis F. Sanz**

A mi abuela Anita,
la mujer más valiente que he conocido nunca,
porque siempre combatió el miedo con amor.
Gracias por enseñarme a confiar
en mí misma y en los demás.

A mi amiga Beatriz, que lloró por mí.
Después, yo también lloraría por ella.
Ahora nos reímos juntas, y somos más amigas que nunca.
Una mujer maravillosa que también ha sabido alzar la voz.

Benavente, 1916

Cuando se acercaba la hora de cenar, a Anita se le ponía un nudo desagradable en la boca del estómago. No le gustaba el revoltijo de fideos y garbanzos que había sobrado de la comida, y no le gustaría nunca. Ella y su hermana Jacinta se quejaban a diario. Si alguna vez coincidía que el padre entraba en la cocina mientras ellas estaban cenando, se unía a sus protestas.

—Mujer, pero ¿por qué les hace comer eso? —le decía a su suegra Ana.

—¿Y qué vamos a hacer, tirarlo? —contestaba la abuela—. Yo no las voy a malcriar, ya bastante tenemos con lo que tenemos.

Al decir eso miraba con intención a Tina, que era tres años más pequeña que Anita y comía del guiso de carne de los mayores, ya que su madre se había empeñado en que estaba delicada y la trataba con más cuidado que a las otras. Cuando había que llevar a la plaza el fogón de los churros, ella no entraba en los turnos. Las otras hermanas le hacían un poco de burla por ser la «señoritinga» de la familia.

En noviembre oscurecía temprano, y solo el resplandor cálido de los fogones iluminaba la cocina. Los padres, la abuela Ana y los cuatro hermanos mayores cenarían bastante después, cuando ellas ya estuvieran dormidas.

—Hoy anda todo mal —comentó Tina en un momento en que la abuela salió a buscar un poco de laurel para echar a la cazuela—. Algo ha pasado con Elpidia. Madre se ha pasado llorando toda la tarde.

—¿Y tú cómo lo sabes? —preguntó Anita—. Si no ha salido de su cuarto...

—Pero la he oído llorar —insistió Tina.

—Yo también —intervino Jacinta—. Y por la mañana discutió con Elpidia, ¿no oísteis las voces?

Elpidia era la segunda hermana y tenía diecinueve años. Hacía un tiempo que andaba ennoviada con un carpintero muy agradable. Cuando acompañaba a Elpidia de vuelta a casa y se encontraba a las niñas jugando a las tiendas, siempre hablaba con ellas. «¿Me ponéis un poco de pimentón, que se me ha terminado?» decía, por ejemplo. Las niñas machacaban un trozo de ladrillo hasta reducirlo a polvo y se lo envolvían en papel del de los churros, muy serias.

Después de cenar, la abuela les prendió el quinqué, uno de los que había hecho el padre en su taller de hojalatero. Anita lo cogió y abrió la marcha escaleras arriba.

Era una noche de mucho viento. El sonido se filtraba por las ventanas mal encajadas y ululaba atrapado en el desván, barriendo la sensación cálida de lo conocido y llenándolo todo de misterio. Arribota, el frío entraba por todas las rendijas, y era como estar presa en la torre de la bruja, en la

habitación secreta de Barbazul, en la guarida del Tragaldabas. Se metían todas en la misma cama y se tapaban hasta la nariz con la manta, que olía a lana vieja.

Jacinta estaba contando una historia de aparecidos cuando oyeron los pasos de Vicente en la escalera. Era el único hermano varón que tenían, y se sentaba a la mesa con los padres. Como le daban pena sus hermanas, casi todas las noches les subía alguna tajada de carne del guiso de la cena. Acababa de cumplir quince años.

—Vicente, ¿qué ha pasado con Elpidia? —preguntó Jacinta, la mayor de las tres—. Tú lo sabes seguro.

—No son asuntos para hablar con mocosas —replicó él dándose importancia—. Creí que madre la iba a matar. Qué tontas son las chicas.

—Pero ¿qué ha hecho? —preguntó Anita—. Si últimamente siempre llega pronto...

—Anda esta. ¿Y eso qué más dará? Lo que importa no es a qué hora llega, sino lo que anda haciendo cuando está fuera.

—¿Y qué va a hacer? Pasear con su novio Pelayo —apuntó Tina.

Vicente soltó una risotada.

—¡Pasear! ¡Sí, sí, pasear! Más le valía que hubiera estado paseando. Ahora no tendría que casarse a todo correr. Y menos mal... Pero el daño está hecho. Enseguida se enterará la gente, y vosotras caeréis en desgracia. Os quedaréis todas solteras como las Basianas, ¡ya lo veréis!

LEÓN, 1941

En la cola había mucho ruido. La gente conversaba en voz alta, se oían risotadas y, a lo lejos, hasta alguna que otra canción. Eso era porque había salido el sol y el frío comenzaba a dar un respiro. A las cinco de la mañana, cuando empezó a formarse aquella larga fila, nadie tenía ganas de hablar: cientos de mujeres hundidas en un hosco silencio, con los brazos cruzados por delante del abrigo o el mantón para resguardarse un poco, los hombros encogidos, oponiendo toda la resistencia que podían a la helada. Pero ahora había luz, el reparto de carbón estaba comenzando, las campanas de San Martín acababan de dar las nueve, y el azul profundo del cielo formaba un amplio rectángulo bordeado por los soportales de la Plaza Mayor.

Ana Mari buscó en la larguísima fila la silueta erguida y delgada de su madre. La encontró hacia la mitad y fue corriendo hacia ella.

—Mi niña preciosa —dijo Anita.

Ana Mari rodeó su cintura con los brazos y hundió su cara en el frente desgastado del abrigo azul marino.

—Quédate un poco conmigo, no te marches todavía.

—No, hija, ya es tardísimo y la cocina sin prender. Aquí por lo menos hay para tres horas. Vengo luego para ayudarte con la cesta. Tú vigila bien y no dejes que nadie se te cuele.

Al decir eso, miró con expresión seria a la mujer que estaba justo detrás de ella en la cola. Debía de rondar los sesenta años, e iba de luto de la cabeza a los pies. Llevaba los hombros cubiertos con una toquilla de ganchillo.

—No se preocupe, ya me encargo yo de que nadie se cuele —dijo la mujer en tono amable—. Faltaría más.

Ana Mari observó alejarse a su madre con aquellos andares un poco torpes y a la vez elegantes que nadie más tenía. Después, se puso a imaginarse que era rica y que tenía una mesa camilla toda llena de cuentos que olían a nuevo, y una caja de lata con galletas de mantequilla, y una Mariquita Pérez. Aunque esta última propiedad la desterró de su sueño al cabo de un momento con temor supersticioso, porque en casa le habían dicho que aquellas muñecas tan caras eran solo para las niñas que no tenían mamá.

La cola avanzaba despacio, pero avanzaba. Ana Mari daba un par de pasos adelante cada vez que le llegaba el turno, y de vez en cuando se volvía para mirar con cierta timidez a la mujer de luto, que le sonreía. Su tía Elpidia estaba al principio de la cola, más alta que las mujeres que la rodeaban, charlando por los codos con aquel aire socarrón que hacía que el mundo pareciese un buen lugar donde vivir. A Ana Mari le entró vergüenza al reconocerla, y se metió hacia dentro de los soportales para que su tía no la viera.

Hacia las doce volvió su madre y se colocó a su lado. Las voces de la cola se habían vuelto más impacientes, se palpaban el cansancio y la irritación. Tía Elpidia se había marchado hacía rato con su cesta de carbón. Ellas tenían por delante todavía unas quince personas.

—Cuéntame otra vez lo de antes de la guerra —pidió Ana Mari.

Su madre sonrió con tristeza.

—¿Qué quieres que te cuente?

—Lo del desayuno.

—Todos los días desayunábamos café con leche y churros. Como los señoritos. Ya sabes que tus abuelos son churreros. Y café tampoco nos faltó nunca. Café de verdad, no achicoria como nos dan ahora.

—Pero erais muchos hermanos... ¿Os daban a todos?

—Hija, había todo lo que uno quisiera comprar. Y, además, nosotros teníamos tienda. Por la tarde nos colábamos detrás del mostrador y mi abuela nos ponía un cucurucho de aceitunas del barril. Comíamos muy bien. Lo único, que por las noches mi abuela se empeñaba en que las pequeñas cenásemos las sobras del cocido, y no nos gustaban nada.

—¿Y teníais chocolate?

—Chocolate también. Y hasta plátanos. De todo había. Harina, alubias, patatas, huevos, carne... de todo. Cada uno compraba lo que necesitaba o lo que quería. No había racionamiento.

—Pero eso no puede ser —dijo Ana Mari incrédula—. ¿Cómo iban a poner en las tiendas tantas cosas? La gente abusaría y lo comprarían todo y dejarían a los demás sin nada. ¿Cómo iban a darles a todos lo que pidieran?

Su madre la miró pensativa.

—También a mí me parece raro ahora —confesó—. Pero quién sabe... A lo mejor, si Dios quiere, algún día vuelve a haber tiendas como las de antiguamente y dinero para comprar.

León, 1980

A la vuelta de clase de *ballet*, Ana se fue directa a por el libro de *Momo* mientras su hermana Julia se dirigía con rápida deliberación al cubo de los juguetes y lo volcaba con estruendo en el suelo. Cada una tenía su mundo, y generalmente respetaban el de la otra (cuando no resultaba demasiado molesta). Ana cogió el libro y se refugió en el comedorín, la habitación más pequeña y acogedora de la casa, con un sofá de escay tapizado de terciopelo amarillo y, sobre la pared empapelada, una enorme foto descolorida de los Pirineos. Se sentó de cualquier manera en el sofá, abrió el libro sacando el marcapáginas de cartulina y se sumergió en la lectura. El tiempo se detuvo mientras ella descubría fascinada el universo malvado y tentador de los hombres grises, los ladrones de tiempo. Sin darse cuenta, se convirtió en la niña desaliñada y con chaqueta de hombre que vivía en un teatro romano y se enamoró un poco de Gigi, que para ella era el príncipe Girolamo y tenía un nudo en el corazón porque se lo había hecho una bruja con la sangre verde.

La sacó de aquel universo el pinchazo de dolor en el pie izquierdo. Con aprensión, se acarició el calcetín marrón. Se acordó del otro calcetín, el que estaba empapado de sangre

cuando se lo quitó en la ambulancia después del accidente. En ese momento no sabía dónde estaban sus padres, imaginaba que delante, en las camillas, y tampoco sabía qué había sido de su hermana, que parecía muerta cuando la sacaron de entre la chatarra en la que se había convertido el viejo coche azul y tenía un chichón en la frente como los de los tebeos, con la tapicería de cuadros del coche grabada en la piel. El calcetín era blanco y estaba empapado de sangre roja en la planta, y el pie le dolía tanto que estaba convencida de que, si se quitaba el calcetín, se lo encontraría despedazado, pero aun así se lo quitó. El pie estaba entero, no se veía ninguna herida. La sangre debía de ser de su madre o de su hermana. Se había pasado el resto del trayecto en la ambulancia contemplándose el pie maravillada. ¿Cómo podía doler tanto un pie que estaba entero? Claro que eso era solo en apariencia. Más tarde, en el hospital, le hicieron radiografías y descubrieron cinco fracturas. Tenía todos los metatarsianos rotos y retorcidos, y nunca más caminaría bien.

De eso hacía un año, y todos en casa parecían haber olvidado el accidente. Vivían como si no hubiese ocurrido, como si no hubiesen estado los cuatro (padres e hijas) ingresados en un hospital de Ávila durante un mes, como si Julia no hubiese pasado tres días en coma, como si a su padre no se le hubiesen incrustado las costillas en el pulmón, como si a su madre no le hubiesen puesto un clavo en el brazo, como si el mundo fuese un lugar agradable y seguro donde no corrías el riesgo de perderlo todo en cualquier momento.

Ana, en cambio, no olvidaba. Tenía su pie para recordarle el desastre, porque sus huesos habían soldado, sí, pero torcidos, y eso significaba que nunca más podría hacer puntas en *ballet* y que nunca podría ser bailarina. Y no es que aquel fuese su único sueño, porque tenía otros muchos, pero aun así le dolía que uno de ellos se le hubiese roto como un vaso que se te resbala entre las manos y se cae al suelo. Entonces se le ocurrió una historia en la que había unos individuos parecidos a los hombres grises que, en lugar de robarte el tiempo, te robaban los sueños.

—¡Ana, pon la mesa! —gritó su madre desde la cocina.

Era probablemente la tercera o la cuarta vez que lo repetía, a juzgar por la irritación de su tono. Ana se puso en pie con desgana y fue a por los platos.

—¡Para una cosa que tienes que hacer! —le recriminó su madre—. A tu edad yo estaba en las colas del carbón pasando frío.

Ana no contestó. Se sabía de memoria aquella historia, la de las colas en la posguerra, la escasez de todo, la cartilla de racionamiento. Ella nunca viviría nada tan heroico, estaba segura. Si estallaba la Tercera Guerra Mundial, el mundo resultaría destruido dieciocho veces (eso decían los informativos) por las bombas nucleares que se lanzarían mutuamente los Estados Unidos y la Unión Soviética, y no quedaría nadie vivo para ir a hacerse el importante en las colas del carbón.

Madrid, 2021

De: Celia Fernández <celiafe@pizcamail.com>
Fecha: jueves, 24 de junio de 2021
Para: Ana Alonso <ana.alonso@pizcamail.com>
Asunto: Hola

¡Hola, Ana!

Me llamo Celia, tengo quince años y quería decirte que me ha gustado mucho tu libro de poemas *Amar sin red*. Lo hemos leído para el instituto y después hemos hecho un taller de poesía en clase y yo he escrito mis primeros poemas. Íbamos a hacer un taller *online* contigo, pero al final no pudo ser porque tu madre estaba enferma o algo así, nos dijeron. Qué pena, porque tenía muchas ganas de conocerte.

Sobre mis poemas, no creo que me hayan quedado muy bien, pero me da igual. No es que me dé igual, quiero decir que me ha gustado escribirlos. Gustar no, más como que me he quedado a gusto, como que lo necesitaba. Me estoy explicando fatal, solo quería pedirte si por favor te puedo enviar los poemas para que los leas. Muchas gracias de antemano y un abrazo,

Celia

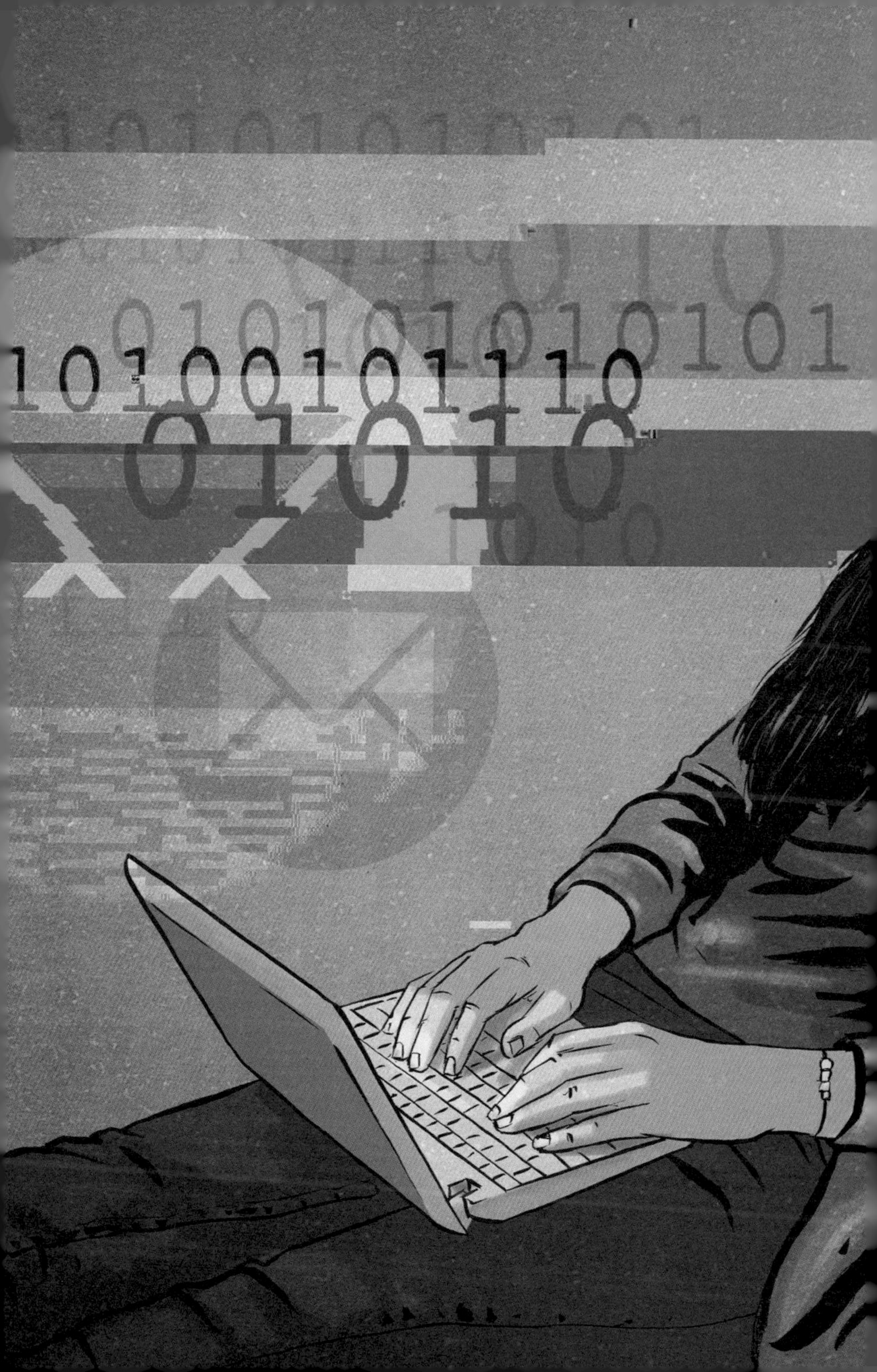

Benavente, 1916

En el colegio dedicaban las mañanas a leer y a hacer cálculo, y las tardes a bordar. Anita se esforzaba todo lo que podía con las sumas y con las multiplicaciones. A restar y a dividir no les habían enseñado, porque ese tipo de cuentas no las necesitaban las mujeres, según había dicho la monja. De todas formas, había aprendido a restar con los dedos para dar el cambio en la tienda, y lo hacía bastante bien. El colegio no le gustaba. Durante años le habían atado la mano izquierda a la espalda porque tenía la manía de querer hacerlo todo con ella, hasta escribir. Poco a poco había ido perdiendo la costumbre y aprendiendo a usar la mano derecha, pero le salía una caligrafía más bien torpe, y la monja torcía el gesto cuando veía los dictados. De todas formas, eran muchas niñas y no tenía tiempo para hacerle demasiado caso.

Otra cosa que no le gustaba era que todos los días, ella y otras compañeras tenían que quedarse a fregar las manchas de tinta en los pupitres de las aulas de pago, y a barrer el suelo con serrín. No le importaba trabajar, pero a veces se cruzaba con las niñas aquellas, que llevaban un uniforme precioso con un sombrero, y les veía la burla en los ojos, o al menos se lo parecía, y le entraban unas ganas tremendas de tirarles de las coletas.

Las alumnas de pago salían a jugar a otro patio distinto y solo se cruzaban con ellas a la salida, pero, si alguna se portaba mal, la mandaban a la clase de las niñas pobres para castigarla. Las monjas les hacían sentarse en uno de los pupitres de atrás y allí se quedaban, altaneras y despectivas, sin cruzar la mirada con nadie. Anita sabía que, cuando crecieran, esas niñas seguirían llevando sombrero y se irían por las tardes al paseo de los señoritos, y algunas noches a bailar al Casino. Ella no había estado nunca en el paseo de los señoritos, pero su amiga María, que se sentaba en el pupitre de al lado, había cogido la costumbre de darse una vuelta por allí para espiar las idas y venidas de la gente elegante. Decía que lo hacía porque era mucho más entretenido que el paseo de los artesanos.

En el colegio, las horas pasaban muy despacio, y a veces tenía la sensación de que nadie le daba cuerda al reloj de la pared, porque el tictac del péndulo le sonaba cada vez más lento, como si de un momento a otro fuera a pararse. Cuando por fin daba las campanadas, que sonaban más a latón que a bronce, la monja miraba al cielo con expresión solemne y decía en tono engolado:

—¡Una hora menos para la Eternidad!

Las niñas contestaban con un soniquete cantarín:

—¡Dios quiera que seamos santas!

Pero eso de ser santa era muy difícil, y Anita se quedaba pensando que a ella le gustaría ser otra cosa, ser algo, tener un oficio, y no solo esperar el martirio como santa Catalina cuando la llevaron a la rueda de los cuchillos, como decía la canción, sino hacer algo, como su hermano Vicente que estaba aprendiendo de su padre a arreglar faroles y a moldear quinqués y toda clase de cosas con hojalata. Porque, si era verdad que Elpidia había desgraciado a la familia y no se iba a casar ninguna, ella no quería morirse de hambre y de asco como las Basianas, las vecinas de al lado, que no salían nunca de casa, o como las Monacas, que vivían un poco más abajo en la misma calle y que ni siquiera se cortaban las uñas desde que el novio había dejado a la mayor después de cuatro años.

—Si no te puedes casar, siempre puedes hacerte monja —le aconsejó su amiga María cuando ella le contó el problema en el recreo.

—Para eso hay que tener dote también, y yo, con siete hermanas y un hermano... No puedo hacerles eso a mis padres.

—Lo que pasa es que no quieres ser monja. No te gusta rezar.

—No es que no me guste. Pero yo no quiero encerrarme para toda la vida y no poder salir al campo el día de Tortillero a comer en la hierba, y no ir a la Mota ni a la plaza ni a ninguna parte.

—Pues yo, si puedo, a lo mejor me meto en una casa de señoritos a servir —dijo María—. Una vecina mía tiene una hija sirviendo y a veces le regalan vestidos que las señoras ya no quieren y son preciosos.

—Ya servimos bastante aquí —murmuró Anita mirando hacia el edificio blanco del colegio con el ceño fruncido—. A mi madre la pusieron a servir cuando tenía diez años, y ni siquiera fue al colegio nunca, pero aprendió a escribir por su cuenta y no pone ni una falta. Ella dice que no quiere eso para sus hijas.

—También puedes hacer churros, como tu padre.

—Sí, pero yo preferiría otra cosa. ¿Sabes que ahora hay mujeres que van a la universidad?

—Hala, ¡qué mentira!

—Te lo prometo. Lo decía el periódico. Que ahora hay mujeres que se hacen doctoras. Nos lo leyó mi padre el otro día en la comida.

—Lo entenderías mal. Serían enfermeras, no doctoras.

—Que no. Lo entendí bien. Eran doctoras en Medicina.

María se echó a reír, escéptica.

—Eso es imposible. ¿Y cómo hacen, se visten de hombres y se van a visitar a los enfermos con un maletín? Además, aunque fuera verdad, ni tú ni yo podríamos pagar los estudios. La universidad es para la gente rica.

—Ya —dijo Anita pensativa—. Eso sí.

León, 1941

Cuando empezó a ir a la escuela de doña Asunción, Ana Mari descubrió que era tonta. Ella ya sabía leer porque le había enseñado su madre en casa, pero cada vez que la maestra le preguntaba por las cosas que escribía en la pizarra, no sabía qué decir. No podía copiar las sumas, porque los números estaban borrosos y se confundían unos con otros. Lo mismo le pasaba con las muestras. Ana Mari no entendía cómo hacían las otras niñas para leer aquellas manchas desdibujadas de tiza que había en la pizarra.

—Lo que tienes que hacer es decirle a tu madre que te pongan gafas —le dijo un día doña Asunción.

Ana Mari se quedó pasmada. Ni siquiera se le había pasado por la cabeza que los borrones confusos de la pizarra fuesen en realidad palabras con letras bien definidas y números perfectamente dibujados. Creía que eso lo deducían las otras alumnas porque eran muy inteligentes.

El primer día que fue al colegio con las gafas puestas, Ana Mari terminó la primera todos los ejercicios de la pizarra. Estaba contentísima consigo misma. Era como un milagro que aquellos cristales la hubiesen vuelto lista de repente. Y

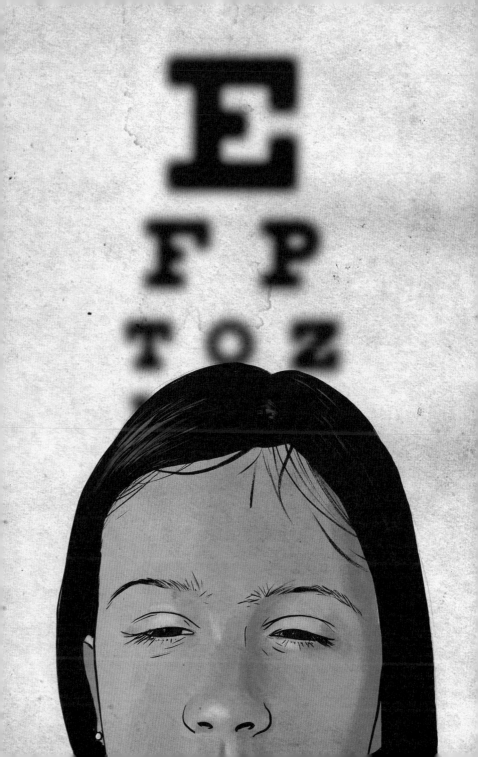

no solo eso: avivaban los colores, moldeaban los volúmenes, hacían que el mundo resplandeciera como las proyecciones de una linterna mágica.

Doña Asunción era bastante desabrida con las niñas. No sonreía nunca, y solo parecía fijarse en lo que estaba mal. A Ana Mari la tenía frita con la longitud de la falda de sus vestidos. Había crecido muy deprisa, y todos le quedaban bastante por encima de la rodilla.

—Esas rodillas hay que taparlas —le recriminaba la maestra—. Dile a tu madre que, si no te trae vestida como Dios manda, vas a tener que dejar de venir.

Ana Mari transmitía el recado a su madre, que al oírlo se enfadaba muchísimo.

—Dile a doña Asunción que tú vas vestida a mi gusto.

—Era siempre su respuesta.

Como es lógico, Ana Mari se cuidaba mucho de repetirle el recado a doña Asunción. Se limitaba a poner excusas y a decir que pronto le harían vestidos nuevos. La realidad era que no se los podían hacer porque no había tela. Y los vestidos parecían cada vez más pequeños, porque ella no dejaba de crecer.

Un día, doña Asunción decidió plantarse.

—A tu casa —le dijo—. Y no vuelvas hasta que tengas un vestido decente.

Estuvo unos días sin ir al colegio, mientras su madre intentaba arreglar el asunto. Menos mal que justo aquella semana hubo un reparto de tejidos en la plaza. Después de hacer cola toda la noche, Anita consiguió una tela gorda de colchón. Era de color azul intenso, con flores blancas.

—De aquí salen dos vestidos —le dijo a la niña, contenta—. Hoy me quedo a coser hasta que los termine.

Se quedó sin dormir toda la noche. Desde la cama, Ana Mari oía el repiqueteo monótono de la máquina de coser. Cuando se levantó a la mañana siguiente, los vestidos estaban terminados.

—Te los he hecho holgados para que no volvamos a tener el mismo problema —le explicó su madre.

Ana Mari se puso el vestido y se miró en el espejo del armario de luna que había en el dormitorio de sus padres. Le entraron ganas de llorar. Se veía con claridad que aquel vestido era una tela de colchón. Y, además, era por lo menos dos tallas más grande de lo que necesitaba.

Se pasó años añorando sus vestidos blancos con bordados. Pero a doña Asunción le pareció muy bien la nueva vestimenta, y, como tenía de quita y pon, se convirtió para ella en una especie de uniforme escolar.

León, 1980

Tenía la sensación de que el mundo estaba cambiando muy deprisa. Se estaba volviendo más colorido, más esperanzador. Para el día de la Constitución se organizó en el colegio un concurso de murales. Ana dibujó la Constitución como una flor pequeña y frágil que una niña regaba. ¿Quién era la niña? Bueno, la gente, en principio. Se suponía que la Constitución tenía que fortalecerse y crecer para que floreciese la democracia.

En casa, sus padres lo vivían con un asombro entusiasta y a lo mejor un poco ingenuo. Se habían puesto de acuerdo con sus amigos para hacerse un recordatorio de las primeras elecciones y lo encargaron en una imprenta especializada en recordatorios de primera comunión. Quedó muy bonito, con una urna grabada de la que salían rayos brillantes y una copla que había inventado Salvador, el cardiólogo del nuevo hospital:

No te digo mis años
pero es la primera,
y no será la última
te pongas como quieras.
(Recuerdo de mis primeras elecciones).

En el colegio también había habido cambios. Los libros de texto hablaban de la vida en los barrios y de cómo se organizaban las concejalías de los ayuntamientos. Hasta el mapa había cambiado, y ahora, en lugar de haber regiones, había comunidades autónomas. Pero el mayor cambio lo había traído Merche, una profesora joven y muy moderna que daba Plástica y Educación Física en quinto.

Con Merche, cada clase era una aventura. En Educación Física ya no había que subir por la cuerda ni saltar el potro. Ahora jugaban a ser de alambre, a ser de goma, a relajarse en el suelo escuchando música en una actividad que ella había bautizado como «El sueño mágico». Cuando la música terminaba, abrían los ojos, miraban alrededor y veían un montón de telas de colores tiradas por el suelo del gimnasio. Cada uno cogía la que quería y bailaba con ella, o, más que bailar, expresaba sus emociones moviendo la tela como le daba la gana. Era increíble.

Para la fiesta de Navidad, en lugar de ensayar la típica canción, confeccionaron muñecos de guiñol con materiales reciclados y representaron con ellos *Las tres reinas magas* de Gloria Fuertes. A Ana le tocó hacer el papel de Baltasara, pero la obra era tan bonita que se aprendió todos los papeles.

También hicieron una revista. La fabricaban con una imprenta de gelatina. Cada niño escribía sus cuentos o sus poemas con bolígrafo en una hoja, y debajo ponía un papel de calco. El texto quedaba impreso en la tinta morada del papel, y luego el calco se pegaba a la gelatina. Al despegarlo, las letras permanecían grabadas sobre aquella superficie traslúcida y amarilla que recordaba un postre de limón. Después, había que ir poniendo folios en blanco encima de la gelatina. Al retirarlos, tenían el texto copiado. Los tendían de una cuerda con pinzas de la ropa para que se secaran. Cuando tenían copias de todos los folios, los grapaban para hacer la revista.

Lo bueno de aquel sistema tan laborioso de publicar era que te sentías un artesano de las palabras. Escribir el poema o el cuento era solo una parte más del proceso, igual que fabricar la gelatina, pegar los folios sobre ella, tenderlos y graparlos. No tenía mayor importancia que lo demás, y eso hacía que te salieran las cosas que querías decir con muchísima libertad.

Cuando llegó la primavera, Merche empezó a hablarles del campamento que organizaba en Barrios de Luna, y que no era para nada del tipo de los campamentos de la OJE o de los Boy Scouts, sino que estaba organizado por talleres, y había un taller de cine, uno de fotografía, otro de guiñoles y otro de hacer pulseras. Ana soñaba con ir a aquel campamento. Tímidamente, se atrevió a planteárselo a su madre. Ella no le dijo en ningún momento que no le gustase la idea o que no le permitiría ir. En lugar de eso, se rio con escepticismo.

—Si quieres ir, allá tú —le contestó—, pero lo vas a pasar fatal. A ti te dan miedo los insectos, y en las tiendas de campaña se meten todo tipo de bichos. Y te van a obligar a comer cosas que no te gustan. Te vas a sentir muy sola. En esos sitios hay siempre matones que te lo hacen pasar mal. Ahora, si quieres probar...

Ana insistió un poco todavía, pero al final estuvo de acuerdo con su madre en que no era una buena idea. El campamento seguía pareciéndole un proyecto mágico, pero ella no estaba preparada. Era demasiado débil, demasiado cobarde, demasiado asustadiza. Se convenció a sí misma de que no debía ir.

MADRID, 2021

De: Celia Fernández <celiafe@pizcamail.com>
Fecha: martes, 6 de julio de 2021
Para: Ana Alonso <ana.alonso@pizcamail.com>
Asunto: Concurso de poesía

Hola, Ana:

Muchas gracias por aceptar leer los poemas. Te los mando aquí. La verdad es que no sé qué hacer con ellos; había pensado en presentarme a algún concurso de Poesía. He leído en internet que tú empezaste en esto de la Literatura presentándote a premios literarios. ¿Me lo recomiendas?

Pero me estoy adelantando. ¡Ni siquiera has podido leer los poemas todavía! No te quiero meter prisa, seguro que estás muy liada. Cuando puedas leerlos, me dices qué te parecen. Había pensado también en publicarlos en Instagram. No es que yo tenga muchos *followers*. Más bien no tengo ninguno. Pero no sé, por otro lado, me gustaría que otra gente los leyese. Una escribe para que la lean, ¿no es así para ti?

Perdona la confianza y muchas gracias de nuevo. Un abrazo,

Celia

BENAVENTE, noviembre de 1917

La boda de Elpidia con el carpintero Pelayo fue solo el principio de los cambios en casa de las Brunas (como las llamaban por el nombre del cabeza de familia, conocido en Benavente como Bruno el churrero). Después de casarse se mudaron a vivir a la ciudad de León, donde él puso un taller de ebanistería, y cinco meses más tarde nació su primer hijo. Un año después, ya venía en camino el segundo. Mientras tanto, Gemina, que era un año mayor que Elpidia y la más guapa de las hermanas, también se había casado y se había ido a León. La madre de Anita había intentado oponerse a aquella boda, porque Santiago, el pretendiente, era hijo de un hermano suyo, lo que convertía a los novios en primos carnales, y eso no podía traer nada bueno. Nunca habría permitido que el enlace se celebrase de no ser por el traspiés de Elpidia, que ensombrecía el buen nombre de la familia y las perspectivas matrimoniales de todas las hermanas. Al menos, Anita y el resto de las pequeñas comprobaron con la boda de Gemina que la sentencia de quedarse solteras como las Monacas no estaba escrita en piedra. Lo tenían un poco más difícil que antes, nada más.

La que más había cambiado desde el asunto de Elpidia era su madre. Las preocupaciones y las sospechas no le dejaban un instante de paz. Por un lado, sabía que debía animar a sus hijas mayores a salir de paseo por la Mota para que encontrasen novio, porque ese era el único futuro decente para las mujeres de su clase. Pero, por otro lado, le mortificaba la idea de que pudiera volver a pasar algo semejante a lo ocurrido con Elpidia, así que, cuando Martina empezó a salir con las amigas, ella se echaba el mantón a la cabeza y salía a dar una vuelta por el paseo para espiar. Aun así, Martina no tardó ni tres meses en echarse un novio que se llamaba Fernando y era de familia de comerciantes, aunque la madre no tenía muy buena reputación. Se decía que regentaba una especie de «pensión» y que trataba con gentes de mal vivir.

Los temores de la matriarca de las Brunas se multiplicaron con aquellos amoríos. No se fiaba nada de Fernando, y mucho menos de su familia.

Por aquel entonces, todo el mundo en Benavente se había acostumbrado a ir al cine después del paseo. La película terminaba a las nueve, pero ella exigía que su hija estuviese de vuelta a las ocho, así que todos los días se tenía que salir en el entreacto. Fernando la acompañaba a casa y después regresaba al cine para ver el resto de la película. Martina se quejaba de no haber podido ver nunca ni una sola película entera.

—¿Y qué más dará? —rezongaba la madre—. Si solo son imaginaciones y cosas estrafalarias que no pasan en la vida real.

La otra hija adolescente que le quedaba era Antonia, pero con ella no tenía que tomar tantas precauciones. Antonia había tenido la polio a los siete años y desde entonces estaba paralítica. Su salud era muy débil, apenas salía de casa, y necesitaba ayuda para lavarse, para vestirse y para ir de una habitación a otra. Una vez, Anita le preguntó a su abuela si Antonia se casaría.

—Qué ha de casarse la pobre, ¿tú no ves cómo está? —replicó la anciana con aspereza.

—Pero, si no se casa, ¿quién la va a cuidar cuando falten los padres? Yo puedo cuidarla, pero para eso tendré que encontrar un marido bueno que me deje tenerla en casa.

Ana miró pensativa a su nieta, y los ojos se le llenaron de lágrimas.

—Si ya sé yo que tienes un corazón de oro molido —dijo—. Dios quiera que lleguemos a eso, aunque no creo, porque Antonia... Pobre ángel, con lo delicada que está... No creo que dé guerra mucho tiempo.

Entre la ausencia de las hermanas mayores y el nerviosismo de la madre con Martina por lo de su novio Fernando, el ambiente durante las comidas se había enrarecido bastante. Para evitar discusiones, Bruno, el padre, exigía silencio y, entre bocado y bocado, se dedicaba a leerles en voz alta los artículos más destacados de *El Liberal,* periódico al que estaba suscrito.

Aquel día, las páginas del diario venían cargadas de noticias importantes.

—Yo no sé qué va a pasar con la guerra Europea después de lo de Rusia. Los maximalistas no dejan de ganar terreno. Es una revolución.

Pasó a leerles un despacho un tanto confuso del corresponsal en París en el que se detallaban los avances en

Rusia de los maximalistas, a quienes algunos medios llamaban también los bolcheviques. Anita y Tina escuchaban asombradas aquellas palabras rimbombantes, de las que no llegaban a entender ni la mitad. El tono dramático de la lectura y la complejidad de los argumentos les provocaba una admiración sin límites hacia su padre. Con disimulo, porque tenían totalmente prohibido hablar en la mesa, Tina se escribía en la pierna una palabra que resumía aquel entusiasmo: «Filemón».

Después de comer se les acercó su hermano Vicente.

—Con que «Filemón», ¿eh? —le dijo a Tina en tono acusador—. He visto cómo te lo escribías en la pierna. ¿Y quién es Filemón, un pretendiente tuyo?

Las chicas se echaron a reír.

—Vicente, si leyeras más... Filemón es el personaje de una novela. Es un hombre que sabe de todo, de todo lo que existe —explicó Tina con entusiasmo—. Padre también sabe de todo, por eso lo escribí.

Aquella explicación dejó un poco chafado a Vicente. Como quería a toda costa quedar por encima, torció el gesto con escepticismo.

—No seré yo quien diga que padre no es un hombre culto y respetable. Pero no siempre ha sido así. Claro, vosotras no os acordáis, erais unas mocosas... Pero, hace unos años, cuando su madre lo echó de casa y tuvo que aprender a hacer churros con su mujer y su suegra porque se quedó sin el taller de hojalatería y sin un medio de vida, ahí no sabéis las cosas que hizo. Yo sí me acuerdo de algunas. Por ejemplo, lo que hacía las noches de viento.

Anita y Tina lo miraron sin entender.

—¿Qué hacía? —preguntó Tina.

—Bueno, tenía que comer y que dar de comer a su familia... Y él era el único en Benavente que sabía reparar los faroles, así que... Cada vez que soplaba el viento de noche, salía con un palo y rompía unos cuantos. Así se aseguraba el trabajo para el día siguiente. Gracias a eso y a otras cosas parecidas salió adelante... y gracias a eso estáis vosotras aquí.

León, 1943

A los nueve años Ana Mari pasó de la escuela de doña Asunción a la de doña Filo, que daba clase a las niñas mayores del barrio. Aquello le abrió un mundo nuevo. Doña Filo era una maestra de verdad, con ganas de enseñar, y sabía mucho. Como tenía alumnas de distintas edades, se las ingeniaba para que unas aprendieran de otras, y en su clase nadie perdía el tiempo. Le daba mucha importancia a la Geografía y a que se aprendieran el mapa. Se lo preguntaba todos los días. También les preguntaba el Catecismo, o, más bien, hacía que se lo preguntasen unas a otras.

—¿Visteis vos nacer a Jesucristo? —le preguntaba Ana Mari a Luisina en tono dramático.

—No, padre —contestaba Luisina mirando a los ojos a su amiga, a punto de soltar la carcajada.

Ana Mari fruncía el ceño para no contagiarse y romper a reír.

—¿Creéislo? —seguía preguntando.

—Sí lo creo.

Se aprendían de memoria aquellos crípticos diálogos y los soltaban sin entender ni una palabra de lo que decían, todas en corro, respondiendo las preguntas de la compañera de la izquierda y formulando otras nuevas a la de la derecha mientras doña Filo, sentada en su rincón, corregía problemas de matemáticas y solo levantaba la cabeza cuando alguna perdía el ritmo o decía algún disparate.

También cantaban de vez en cuando canciones patrióticas como el *Cara al Sol* o *Montañas Nevadas,* pero no todos los días.

—A doña Filo no le gustan esas canciones —le dijo un día Sarita a Ana Mari.

—¿Por qué no, si son preciosas? —preguntó ella, estupefacta.

Sarita bajó la voz, aunque doña Filo estaba regañando a una de las alumnas mayores en la otra punta del aula, que en otros tiempos había sido un almacén y, años más tarde, durante la guerra, cuartel de los soldados alemanes de la legión Cóndor.

—No le gustan porque es roja. ¿No lo sabes? Su marido era inspector y lo mataron por rojo durante la guerra.

Solo entonces se enteró Ana Mari de que aquellas canciones que hablaban de montañas y brisas y rosas no hablaban en realidad de todo eso, sino de vencedores y vencidos, y entendió por qué su maestra las cantaba siempre con rostro inexpresivo, la mirada perdida en algún punto de la pared, como alguien que intenta distraerse del dolor.

Una cosa que le gustaba mucho a doña Filo era que leyeran en clase. Tenía un armario lleno de ejemplares de un *Quijote* infantil, y no dejaban de leer en voz alta aquel libro ni un solo día. Lo que no tenían, en cambio, eran libros de texto. Tratándose de chicas de un barrio humilde, la maestra sabía que era muy improbable que las familias estuviesen dispuestas a desembolsar el dinero que costaban, así que se las ingeniaba para darles clase con los libros que tenía ella.

Enrique, el hermano de Ana Mari, que era tres años más pequeño, sí tenía libros porque no iba a la escuela pública como ella, sino a los Maristas. Cuando llegaba septiembre, iba con su padre a la librería Leopoldo y venía cargado de aquellos libros con brillantes cubiertas de colores, uno para cada materia. Ana Mari se los acercaba a la cara y los olía. El aroma de los libros nuevos era para ella el más delicioso del mundo. Los abría con cuidado para no ajarlos y los hojeaba con envidia.

—Qué suerte tienes —le dijo a Enrique un día.

—No es suerte. Tú eres una chica —replicó Enrique, sin entender por qué le entusiasmaban tanto aquellos tochos que tanto le pesaban en la cartera.

—¿Y no hay colegios de chicas donde lleven libros? —preguntó un día Ana Mari durante la comida.

—Claro que hay. Seguro que en las Carmelitas llevarán libros —dijo su madre—. Si fueras hija única como tu amiga Sarita, irías a un colegio de pago y tendrías libros. Pero con tres hermanos y... Aquí eso no puede ser, hay que repartir.

Ana Mari miró a la cara a su hermano Manuel, sentado en la trona. La más pequeña, Mari Carmen, estaba durmiendo la siesta en la cuna. Y ella se había dado cuenta de que el vientre de su madre volvía a estar hinchado... Cualquier día vendría la comadrona y nacería otro niño.

Un día, a principios del mes de noviembre, su padre le dijo que quería darle una sorpresa. Y la llevó a la librería Leopoldo.

—Te voy a comprar un libro nuevo —le dijo, sonriente—. Para que no seas menos que tu hermano —añadió antes de entrar.

Ana Mari no se podía creer su buena suerte. En el interior de la tienda reinaba un olor tan intenso a papel nuevo y a tinta que sintió un agradable mareo.

—Queremos ver libros para niños —le dijo su padre al librero—. Que sean bonitos, con dibujos.

El librero regresó con dos libros grandes y encuadernados en tela. Uno era de cuentos y otro de animales. Ana Mari abrió el de cuentos. Allí estaban todos, todos los que le contaba su madre, y también los que doña Filo contaba en la escuela. *Blancanieves, Caperucita, La casita de chocolate, la Bella Durmiente, la Cenicienta...*

—Este de animales es una maravilla —dijo su padre, sonriéndole—. ¿Nos lo llevamos?

Ana Mari no tuvo valor para confesarle que prefería los cuentos. Le devolvió la sonrisa y contestó que sí.

León, 1983

A lo mejor creció demasiado deprisa. A lo mejor esa transformación repentina de su cuerpo, ese paso de niña regordeta a adolescente esquelética y con acné, no era algo para lo que estuviera preparada. Pero ¿quién está preparada para verse de repente a tanta distancia del suelo, caminando sobre unas piernas tan largas que parecen zancos, con las caderas anchas, como si la hubiesen embutido de repente en el cuerpo de otra persona?

Lo que pasó fue tan extraño que ahora, ya de adulta, muchas veces vuelve sobre ello para intentar comprenderlo. De pequeña, no era tímida ni vergonzosa. Le gustaba inventar juegos, asignar papeles a sus amigas, organizar, asumir el liderazgo. Pero a los trece años se había convertido en una persona diferente. No era capaz de hablar sin sonrojarse. No se atrevía a levantar la cabeza. La espalda se le encorvó de tanto mirar al suelo con la esperanza de desaparecer.

Ella tiene la impresión de que, a pesar de todo, nunca dejó de ser amable. Por eso le cuesta entender que algunas personas se ensañasen tanto con ella, que le hiciesen tanto daño. Raquel, por ejemplo, la amiga de su hermana. Recuerda su risa despectiva cuando le arrebató unos poemas que había escrito. La luz blanca del fluorescente de la cocina bañando de lleno su cara, la amenaza de tirarlos en el patio del colegio al día siguiente, de contárselo a todo el mundo. Nunca se le ha borrado de la mente aquella risa innecesariamente cruel. Ahora, Raquel se dedica a tiempo completo a la poesía. Ha llegado a ser bastante conocida en el mundillo. Es curioso cómo se gestan algunas vocaciones literarias.

Pero el daño mayor se lo hizo Carolina, la chica nueva que llegó del Bierzo y no conocía a nadie en León. Ana la acogió, le presentó a sus amigas, la invitó a su casa, a sus cumpleaños. Durante el verano se escribían cartas. Así fue desde sexto hasta octavo. Luego vinieron los primeros días de instituto. Se sentaron en primera fila, juntas. Ana se dio cuenta de que Carolina a veces la ignoraba cuando le hablaba. También hacía otras cosas raras, como dibujar muy deprisa cuando les ponían alguna pieza en clase de música. Tres semanas después de empezar las clases, Carolina le dijo que no se sentía su amiga. Empezó a sentarse con otra compañera que se llamaba como ella. Hablaban todo el rato, se hicieron íntimas. A Ana dejó de dirigirle la palabra.

Situaciones parecidas se repitieron hasta los últimos años de la universidad. Trababa amistad con alguien, y ese alguien se sentía halagado, pero al mismo tiempo se avergonzaba de que lo vieran con ella porque era rara, canturreaba en francés, llevaba calcetines encima de las medias, sacaba matrículas de honor, leía de un modo salvaje a cualquier hora del día y sonreía como si la alegría fuera un delito.

Ahora se da cuenta de que aquello no fue culpa de nadie. La gente solo intenta encajar. Cuando introduces un elemento de extrañeza en su mundo, a veces reaccionan como si se sintiesen agredidos. Pero no todo el mundo es así. Conoció también a gente que la apreciaba como era. Julia, enamorada de las matemáticas y de los programas de música de Radio 3. Natalia, que le dejó los discos de David Bowie y le enseñó a hacer el pino puente. Beatriz, que le prestó *Las nieblas de Avalon* y compuso con ella varias canciones de tema artúrico que cantaban a dos voces con acompañamiento de guitarra...

Con los chicos era más difícil. La aterrorizaban. Habría dado cualquier cosa en aquellos años por tener un amigo, un verdadero amigo. Pero ahora, mirando hacia atrás, se da cuenta de que probablemente se mostraba esquiva, reservada, innecesariamente irónica y, en conjunto, bastante ridícula. Y no es que importe, a estas alturas. Porque ahora sabe que aquello que la hacía ridícula era, al mismo tiempo, lo que la hacía dulce y valiente. Son dos cualidades que aprecia mucho de sí misma. Y sabe que están unidas: la dulzura ha alimentado siempre su atrevimiento y ha sido su motor para escribir.

Madrid, 2021

De: Celia Fernández <celiafe@pizcamail.com>
Fecha: viernes, 23 de julio de 2021
Para: Ana Alonso <ana.alonso@pizcamail.com>
Asunto: Re: Concurso de poesía

Querida Ana:

Muchas gracias por tus palabras sobre mis poemas. Sobre todo, por el entusiasmo. Seguro que a ti te llegan muchos textos de chicos y chicas como yo, y no siempre será fácil contestar con sinceridad y al mismo tiempo con empatía. En mi caso lo has hecho y yo noto en tus palabras que los poemas te han gustado de verdad. También entiendo lo que me dices sobre publicar. Me hace gracia que tantas personas te escriban diciéndote que no les gusta leer, pero que quieren ser escritores por la fama y demás. Bueno, no sé si me hace gracia o me pone los pelos de punta. Pero entiendo lo que dices: cuando lo que escribes sale de lo más valioso y profundo de ti misma, entonces es lógico buscar una manera de hacer oír tu voz. Y esa manera es publicar, ¿no?

Si te digo la verdad, por un lado, me gustaría mucho que la gente leyese estos poemas. Pero, por otro lado, creo que me

moriría de vergüenza. Contigo es diferente, porque tú escribes y entiendes cómo es esto. Pero me imagino, por ejemplo, a mis compañeros de clase leyéndolos y me quiero meter debajo de una piedra y no salir nunca más. Porque imagínate, cuando la gente los lea, ¿qué va a pasar? Todo el mundo va a saber lo sola que me siento, lo desesperada que estoy por que me quieran, por tener una historia romántica y todo eso. Quiero decir... No se cuenta directamente en los poemas, pero está bastante claro, se dice entre líneas. Yo creo que alguien que no me conozca, si lee los poemas, se puede hacer una idea bastante clara de cómo soy: tímida, solitaria, retraída, no muy guapa, lista pero un poco sabelotodo, físicamente torpe, sin la menor idea de cómo maquillarme o qué es ir bien vestida, y con muchos complejos que no me confieso ni a mí misma. Una pringada, vamos.

Aunque, ya que he abierto el grifo de la sinceridad... te voy a confesar una cosa más. Cuando pienso en que «la gente» lea mis poemas, la verdad es que la gente en general me importa muy poco. Yo me imagino a personas en particular leyéndolos. O, más bien, persona. Supongo que lo habrás intuido al leerlos, hay un chico que es importante para mí. Iba a decir que hay un chico que me gusta, pero es más que eso. Es lo más parecido a un amigo que tengo, la única persona de clase a quien le puedo pedir los deberes si he faltado, el único que me pregunta cómo me encuentro si he estado enferma. No es que seamos íntimos, pero me habla. Así contado no parece gran cosa, pero es su forma de dirigirse a mí, su sonrisa, como si a él no le importase que yo sea un desastre y una especie de apestada social, porque ve algo en mí que los demás no ven. Bueno, cuando escribo los poemas, estoy pensando en que él los lee.

Ni siquiera tengo muy claro qué siento por él. No sé si estoy enamorada. Me gustaría salir con él, creo. Pero a lo mejor no. A lo mejor lo que me gustaría es que hablásemos más, que fuese como el hermano que no tengo, poder hacer planes y reírnos juntos. A lo mejor solo quiero que sea mi amigo.

Bueno, no me enrollo. Volviendo al tema de publicar los poemas, aunque me dé vergüenza, lo quiero intentar. Con todo lo que me has dicho, creo que voy a mirar bien las convocatorias de premios de Poesía para este año y a presentar mi libro a una. Como tú dices, no tengo nada que perder y sí mucho que ganar... No me refiero al dinero, sino a justo eso de lo que hablaba antes; a la posibilidad de alzar la voz.

Muchas gracias por leer todo esto y por estar ahí. Espero que estés bien y escribiendo mucho.

Un abrazo,

Celia

BENAVENTE, mayo de 1918

María llegó un día al colegio con la cara muy roja y los ojos tristes.

—¿Qué te pasa? —le preguntó Anita.

—No sé. Tan pronto me muero de calor como me echo a temblar. Yo creo que he cogido algo malo.

No era la única. Al día siguiente faltaron varias niñas a clase, y, entre las que fueron, había unas cuantas afiebradas y ojerosas. María no paraba de toser.

—Las de pago se están quedando en casa —rezongó la monja—. ¿Es que ustedes no tienen casa o qué les pasa? Estamos en una epidemia mundial. Moriremos todas a este paso.

Anita pensó que la monja mostraba menos entusiasmo ante aquella perspectiva del esperable, dado que cada vez que sonaba el reloj les recordaba con despiadada exactitud que les quedaba una hora menos para la Eternidad, y lo decía como si eso fuese algo estupendo. También le pareció muy injusto que todo aquello tuviera que pasar justo en el mes de mayo, que era la única época bonita del curso, porque las niñas le llevaban flores a la Virgen, le cantaban canciones y se inventaban poesías. Pero aquella enfermedad nueva no daba tregua, y el colegio decidió que las clases de las pobres dejasen de visitar la capilla.

Dos o tres días después de aquello, Anita empezó también a sentir escalofríos. Su abuela apretó la frente contra la suya.

—Hija, estás muy caliente. Quédate arribota en la cama y no bajes por nada, que ya te llevo yo lo que te haga falta. A ver si libramos a la pobre Antonia.

Anita se quedó arribota, y aquella misma tarde se le unió Tina, que, aunque no iba al colegio porque estaba muy delicada, parecía haber cogido el mal también.

—Se llama la *grippe* —explicó Tina, pronunciando la palabra en francés, como hacían los entendidos—. Dicen que los soldados de la guerra europea la han estado teniendo desde el otoño y antes. Ha llegado hasta Nueva York. Lo contó padre en la comida. Hasta nos enseñó una foto del periódico donde se ve a unas señoras con sombreros y trapos en la boca para no contagiarse.

A Anita le emocionó saber que había cogido una enfermedad que también afectaba a las señoras con sombrero de Nueva York. Le hizo sentirse importante.

Pero aquella noche la fiebre le subió muchísimo y no sabía casi ni dónde estaba. De pronto, le parecía que se encontraba en la calle y que el calor que le ardía en las mejillas venía de una casa que se estaba quemando. Siempre que había incendios tocaban las campanas de la iglesia y salían todas a verlo. Los mayores formaban cadenas para pasarse cubos de agua. Pues aquello era como estar muy cerca del incendio, a punto de quemarse. Se le estaban carbonizando hasta los pensamientos.

Tina, a su lado en la cama, no estaba mejor que ella. Hablaba en sueños con una voz desarticulada y brusca que no parecía la suya. Cuando su abuela pasó a medianoche a ver cómo estaban, dijo que eran delirios. A ella también se la veía demacrada, y tenía un brillo preocupante en los ojos.

—Abuela, a ver si lo ha cogido usted también —dijo Anita.

Ella se encogió de hombros.

—Si he de cogerlo, lo cogeré. Yo ya he vivido mi vida. Lo único que le pido a Dios es que libre a Antonia.

Antonia llevaba unos cuantos meses muy desmejorada. En el verano, una vecina le había traído agua de Lourdes y, como era de esperar, tuvo una reacción milagrosa. En cuanto la bendijeron con ella, se puso en pie sobre sus débiles piernas y dio unos cuantos pasos. La madre y la abuela cayeron de rodillas, rezando. Anduvo cuatro o cinco días más, pero después, las piernas volvieron a fallarle. El padre dijo que no había habido milagro, y que la chica había andado por pura sugestión.

—En el periódico he leído casos así. Los alienistas de Austria y de Alemania han estudiado mucho esas cosas. La mente tiene un poder que no nos imaginamos.

Su suegra lo miró con indignación, pero no le llevó la contraria, porque era el hombre de la familia. Y a partir de aquel momento, Antonia no había hecho más que empeorar.

A pesar de las precauciones de todos, terminó enfermando. Y lo mismo le pasó a la abuela Ana. Anita se dio cuenta de que ocurría algo grave cuando dejaron de llevarles la comida arribota. Como Tina y ella ya estaban mejor, se atrevieron a bajar. En la casa reinaba un silencio extraño.

Se encontraron con Vicente saliendo apresuradamente de la cocina. Las miró con cara de sobresalto.

—¿Qué hacéis ahí? Esto no es para crías.

—¿Esto? —preguntó Tina.

—La abuela se ha muerto. Tanta preocupación por Antonia, y la que se ha ido al otro mundo es ella. Descanse en paz.

Anita y Tina se abrazaron llorando. La abuela Ana podía ser severa a veces, pero siempre estaba pendiente de ellas. Las había criado, mientras su madre andaba siempre atareada con la tienda y apenas la veían. No podían imaginarse cómo iba a ser la vida sin aquella anciana que siempre se las apañaba para sacar adelante a la familia.

León, 1943

El libro de animales se convirtió en el único ejemplar de la biblioteca de Ana Mari, pero eso no significaba que no leyese otras cosas. En el quiosco de la Petra se podían cambiar novelas y alquilarlas por unas pocas perras. Así se leyó ella todos los cuentos de Celia, de Elena Fortún. Le gustaban tanto que los alquilaba una y otra vez. A la Petra le hacía gracia su afición. Cuando fue a sacar *Celia, lo que dice* por décima vez, la miró a los ojos y tomó una decisión asombrosa.

—¿Sabes lo que te digo? Que te lo quedes. Está ya para cogerlo con pinzas, no voy a poderle sacar mucho más rendimiento, y como te gusta tanto y eres buena clienta y tu madre también... Pues no se hable más, es tuyo.

De ese modo, la biblioteca de Ana Mari pasó a contener dos ejemplares. A esas alturas, su afición a la lectura ya empezaba a ser motivo de preocupación en la casa, sobre todo porque, como tenía prohibido leer los días de diario, se refugiaba en el cuarto de baño para hacerlo, y, cuando su padre la pillaba, se armaba una bronca monumental.

—¡Ya estás perdiendo el tiempo otra vez! En lugar de ayudar a tu madre, con el trabajo que tiene... ¡Si no dejas el libro en su sitio te lo rompo en pedazos aquí mismo!

Ana Mari conocía a su padre lo suficiente como para saber que era muy capaz de hacerlo. Tenía buen corazón, o eso creía, pero le perdía el mal genio. Un día que llegó a casa a comer y se encontró con que la comida no estaba hecha porque su mujer todavía andaba fregando el suelo de la cocina, le dio una patada al cubo y lo volcó, vertiendo toda el agua. Anita no lloró delante de los niños, pero después estuvo sin hablarle una semana.

—¿Alguna vez te has arrepentido de haberte casado? —le preguntó Ana Mari en esos días.

—Arrepentirme no, porque quiero mucho a tu padre —contestó ella—. Pero nunca he sido tan feliz como cuando tenía el taller de modista y era yo la maestra y todas en Benavente querían aprender el corte conmigo. A mí me gustaba mucho coser.

—¿Por qué lo dejaste? Podrías haber seguido.

Ella se encogió de hombros.

—Pues ¿qué sé yo? Es lo que hacemos las mujeres cuando nos casamos. De todas formas, sigo cosiendo para vosotros. Del todo no lo he dejado.

En la escuela, Ana Mari también aprovechaba cualquier momento que le quedaba libre para irse a por uno de los libros de cuentos del armario con cristalera. Doña Filo sospechaba que hacía los problemas de matemáticas tan concentrada solo para terminarlos cuanto antes y poder ponerse a leer enseguida. Pero no se limitaba a devorar los cuentos de los libros... En su cabeza, los cambiaba, los reescribía, y se inventaba un montón de historias con los mismos personajes. Le gustaba tanto aquello, que a veces fantaseaba con la idea de hacerse escritora. Incluso tenía elegido ya el seudónimo que pensaba utilizar: Nuri Perbe. Sonaba a artista de cine. Cada vez que escribía un cuento, lo firmaba así.

Doña Filo, consciente de aquellas inclinaciones, la llamaba Quijota. Las otras niñas se reían como si fuera un insulto, pero Ana Mari sabía que no lo era. Teniendo en cuenta que dedicaban una hora cada día a leer una adaptación del clásico de Cervantes, aquel apelativo, más que un insulto, era un título de nobleza, y un reconocimiento tácito de la maestra al poder de su imaginación.

León 1988

Además, tenía los libros. De aquellos años de su vida, Ana recuerda más las escenas leídas que las vividas; aunque esta es una dicotomía falsa, porque todo lo que leyó también lo vivió.

De su memoria se han borrado años enteros de jornadas en el instituto y tardes en el conservatorio, los largos fines de semana en Boñar, las partidas de cartas con sus primos. No recuerda nada. Algunas veces, su madre y su hermana rememoran momentos concretos en voz alta. «¿Te acuerdas de aquel día que nos hicimos una foto junto al monumento del maestro en Tolibia y luego comimos en Montuerto?». A ella le suenan los nombres, pero no los asocia a ninguna imagen. Sabe que estuvo en esos sitios y que vivió todas esas cosas, pero es como si le hubiesen sucedido a otra persona.

A veces piensa que en esos años se volvió autista, que perdió la capacidad de prestar atención a lo que sucedía fuera de su imaginación. Vivía hacia dentro. Por eso recuerda con exacta minuciosidad las sensaciones del príncipe Andrei después de escuchar a Natascha hablar con Sonia en el balcón a la luz de la luna. Recuerda el puente de los enamorados en *Rayuela*. La luz de plata sobre el cabello de Justine en *El cuarteto de Alejandría*. Los versos de Kavafis:

No hay tierra nueva, amigo, ni mar nuevo,
pues la ciudad te seguirá...

Ella se sentía atrapada en León y escribía sobre la sensación opresiva del piso de sus padres, el patio en obras, el frío en la parada del autobús que se le metía en los huesos. Pero al mismo tiempo se descubría habitando un palacio lleno de espejos mientras leía las cartas elegantes y melancólicas de Madame de Sévigné, o corriendo con las piernas desnudas por los páramos de *Cumbres Borrascosas*. Conocía mejor al gran Meaulnes que a ningún compañero de clase. Le dolía que Ivanhoe no eligiese a Rebeca. Esos eran los verdaderos problemas de su vida. El resto ocurría mecánicamente: ducharse, desayunar, ir a clase, comer, estudiar, ir al conservatorio, cenar, dormir.

Después, cuando la vida comenzó, ella dejó poco a poco de habitar en las páginas de los libros.

Pero la vida, su vida de adulta, de mujer joven, comenzó mal. Comenzó con un «no» que no fue capaz de pronunciar. Con un grito que se le quedó dentro, y que la arrancó para siempre de la intimidad sin riesgos de la lectura. La arrojó a la intemperie, y todo cambió a partir de ahí.

MADRID, 2021

De: Celia Fernández <celiafe@pizcamail.com>
Fecha: miércoles, 29 de septiembre de 2021
Para: Ana Alonso <ana.alonso@pizcamail.com>
Asunto: Re: Concurso de poesía

Hola, Ana.

No sé si hago bien escribiéndote para contarte esto. Tú me has dado consejos sobre escritura y esto que te voy a explicar no tiene nada que ver con los poemas. Pero es que me siento perdida, no sé qué hacer. No quiero decírselo a mis padres porque se pondrían muy nerviosos, llamarían a la policía y qué sé yo. No quiero contárselo a nadie de mi familia. Pero también me gustaría tener el apoyo de alguien mayor, porque yo no sé cómo manejar lo que me ha pasado.

Verás, no soy muy buena en Educación Física. Me sobra algo de peso, no mucho, pero, como no estoy acostumbrada a hacer ejercicio, me congestiono un montón en las pruebas de resistencia, me quedo sin respiración, me pongo roja y me entra un sabor a hierro en la boca que... Bueno, el otro día pensé que me estaba muriendo, te lo prometo. Así que, en una de las vueltas por el patio en el que estábamos corriendo, al llegar a un parterre con unos arbustos, me salí. Me tumbé en el suelo de cualquier manera, yo creo que perdí el conocimiento unos minutos, no sé, o a lo mejor solo estaba agotada. La profesora vino a regañarme, me puse de pie otra vez y seguí corriendo sin más.

Lo que yo no sabía es que alguien de la clase (no sé quién) me grabó mientras estaba allí tirada, con la cara roja, jadeando y... bueno, en una postura no muy favorecedora. Bastante grotesca, para decir la verdad. Resulta que ese alguien lo pasó al grupo de clase de Whatsapp, y de ahí, tres o cuatro lo subieron a Instagram con rótulos «graciosos»: la cerdita sonrosada, me llamaban.

No sabía qué hacer. Se lo dije a la tutora, creo que estuvo investigando algo y consiguió que el grupo entero me pidiera disculpas y que los que habían puesto mi vídeo en sus *posts* lo quitasen. Pero, aun así, se ha hecho más o menos viral. Por algún motivo que no entiendo, la gente parece encontrar muy graciosa mi cara congestionada y de ahogo.

Lo que más me horrorizaba de todo es pensar que Carlos lo habría visto también. Carlos es el chico de quien te hablé, el que casi es un amigo. Bueno, pues justo ayer, al pasar a mi lado para salir de clase, me dijo como de pasada: «No hagas caso de esas gilipolleces. Yo no lo he visto ni lo pienso ver, son chorradas de críos».

Puede que Carlos tenga razón, pero no puedo no hacer caso. Es demasiado horrible, es humillante. La tutora me ha dicho que, para asegurarme de que se retiren todas las copias del vídeo que andan por ahí, debería ir a la policía. Quiere

contárselo a mis padres, pero yo la he frenado de momento.
No sé. ¿Tú qué harías en mi lugar?

Siento mucho mezclarte en esto. Es que estoy un poco
desesperada.

Un abrazo y muchas gracias de antemano,

Celia

Benavente, 1920

Antonia sobrevivió a la gripe, pero quedó muy debilitada, y murió al comienzo del otoño siguiente. Sin ella y sin la abuela Ana, la casa se volvió lúgubre y silenciosa. Fernando, el novio de Martina, ya había hecho la pedida para entonces. La boda se había fijado para el mes de abril de 1920, y no quisieron retrasarla por la muerte de la hermana. Toda la familia acudió a la celebración de luto riguroso. Apenas se mezclaron con los parientes de Fernando, porque no tenían buena fama, a pesar de la tienda de tejidos que regentaban y de las ínfulas que se traían.

Después de casarse, Martina siguió visitando la casa con regularidad. Echaba de menos a sus hermanas pequeñas, según decía. Casi siempre les traía caramelos de tofe, que eran los que a Anita más le gustaban. Pero su madre no veía con buenos ojos aquellas visitas.

—Ahora eres una mujer casada, ¿qué se te ha perdido aquí? —le recriminaba a la muchacha en tono agrio.

—Pero madre... sigo siendo su hija y usted me quiere igual que antes, ¿o no? —contestaba ella en tono mimoso, quizá con un leve temblor en la voz.

La madre se enfadaba al oír aquellas cosas.

—Déjate de bobadas. ¿Es que te crees que vives en una película de esas que dan en el cine? Nosotros somos gente humilde, no nos andamos con esos remilgos.

Martina sonreía como si todo fuese una broma, pero Anita, que la conocía bien, sabía que se estaba tragando las lágrimas.

En una de aquellas visitas, la madre fue más lejos. En cuanto la muchacha se le acercó a darle un beso, le soltó un manotazo en la cara.

—Ninguna hija mía va a ir por ahí pintarrajeada como si fuera una corista —sentenció, rabiosa—. Vete a la cocina y lávate esos labios con agua y jabón. Y a mi casa no vuelvas así.

Cabizbaja, temblando de vergüenza y de indignación por dentro, Martina se fue a cumplir la orden. Anita y Tina fueron con ella.

—Madre no es mala, es que no quiere que hablen mal de ti —dijo Tina, que sentía adoración por su progenitora.

—Antes nunca te pintabas —dijo Anita—. No tenías costumbre.

Martina vertió un poco de agua del botijo en un pañuelito bordado que llevaba y se restregó con fuerza los labios hasta sacarse casi todo el carmín. Después, se derrumbó en una silla. Sin el rojo que antes animaba su rostro, se la veía pálida y muy joven, casi una niña.

—Es mi suegra la que insiste —dijo con desgana—. Yo no quiero, pero ella me obliga.

—¿Y por qué hace eso? —preguntó Anita.

Su hermana la miró de un modo extraño.

—Cuando te casas con un hombre, no piensas que te estás casando también con su familia —dijo—. Pero es así. Te casas con todos ellos.

Se cubrió la cara con las manos y ahogó un sollozo. Estuvo llorando un buen rato, y luego se marchó sin despedirse de su madre. El padre, Bruno, estaba en el taller y ni siquiera se enteró de su visita.

Fue por entonces cuando, en la caja de la tienda, comenzaron a notar que faltaba dinero. La madre hizo registrar todas las habitaciones de la casa, hasta el desván y los sótanos, pero no encontró nada.

—Mujer, igual alguien se ha aprovechado en un despiste —dijo Bruno—. Tú vigila bien a partir de ahora y no se repetirá.

Sin embargo, se repitió, y no solo en la tienda. También faltaron unos duros de plata que la madre guardaba en el cajón de la cómoda de su cuarto.

—Ha sido Martina —dijo—. Eso pasa cuando te casas sin cabeza.

Para asegurarse, Vicente le tendió una trampa a su hermana. Marcó unos duros de plata con unos rayajos en forma de cruz que hizo con un punzón del taller. Luego guardaron los duros en el cajón de la cómoda. Cuando Martina fue de visita a la semana siguiente, la madre la dejó sola a propósito un buen rato dentro de su cuarto. Y luego, cuando ya se había despedido y estaba saliendo al patio, Vicente la interceptó y le encontró los cuatro duros en los bolsillos.

La madre oyó los gritos y comprendió lo que pasaba en cuanto vio la escena. Vicente estaba zarandeando a Martina.

Ella se lanzó también sobre la ladrona y le tiró del pelo hasta retorcerle el cuello. La chica había dejado de gritar. Miraba a su alrededor como un animal asustado, sin decir nada.

—No vuelvas a poner un pie en esta casa. De hoy en adelante, no eres mi hija —afirmó la madre soltándola por fin.

Martina negaba con la cabeza.

—No me diga eso, madre. Si he cogido el dinero es porque yo no quiero hacer lo que mi suegra quiere que... Ella quiere que vaya detrás de los hombres de la pensión. ¿Entiende lo que le quiero decir? Yo no quiero, no quiero, y se lo digo a Fernando, pero él se ríe y me deja sola con ella, y luego me preguntan los dos si les he sacado algo de dinero a esos hombres, y yo les enseño estos duros que cojo de aquí, madre, para que me dejen en paz. Si me echa ahora, ya no podré seguir engañándoles. Y tendré que hacer lo que quieren que haga.

—Eso no es asunto mío —dijo la madre, mirándola con desprecio—. En esta casa siempre hemos sido muy honrados.

—Vete y no vuelvas —añadió Vicente, que parecía estar disfrutando con todo aquello.

Martina salió de la casa llorando. Anita y Tina también lloraban.

Esa misma noche, Anita decidió que ella no se casaría nunca. Se lo contó a Tina mientras intentaban entrar en calor bajo las mantas, en la habitación de arribota.

—Y, si no te casas, ¿de qué vas a vivir? —le preguntó su hermana preocupada—. Yo puedo llevarte a mi casa, si quieres.

—No. Yo viviré de mi trabajo. Voy a aprender el corte.

—Madre no te dejará.

—Se lo diré a padre. Pediré que me dejen ir a León a vivir con Elpidia. Allí hay muy buenos talleres de modistas, y alguno encontraré donde me quieran enseñar.

LEÓN, 1946

Luisina dejó el colegio para ir al instituto cuando cumplió los diez años. Sarita fue al año siguiente. Las otras alumnas mayores también se marcharon para trabajar o para ayudar en casa. A los trece años, Ana Mari era la única alumna mayor de la escuela.

—Tienes que decirle a tu madre que te ponga a estudiar —le decía doña Filo algunos días, cuando se quedaba al final de la clase para ayudarle a corregir los problemas de las pequeñas.

Pero a Ana Mari ni siquiera se le ocurría seguir el consejo de la maestra. No porque no quisiera ir al instituto; eso era lo que más le habría gustado del mundo. Pero le parecía una cosa imposible, como montar a caballo, tocar el piano en una gran mansión y todas esas cosas elegantes que hacían las protagonistas de las novelas.

La sorpresa llegó cuando una tarde, mientras ella se preparaba para sacar a tomar el aire a sus dos hermanas pequeñas, llamaron a la puerta y resultó que era doña Filo en persona.

Su madre la mandó al prado con Esther y Mari Carmen y se quedó a solas con la maestra. Ana Mari habría dado cualquier cosa por oír aquella conversación. También se preguntaba qué habría pasado si su padre hubiese estado en casa. ¿Se habría quedado charlando con las dos mujeres? Era una idea absurda. Después de todo, su padre estaba todo el día trabajando, y el poco tiempo que tenía libre lo pasaba en el bar Isla jugando la partida con los amigos.

—¿Y qué quería doña Filo? —preguntó al volver del prado.

Su madre estaba haciendo huevos con patatas fritas para cenar. Desvió la vista de la sartén y la miró pensativa.

—Dice que vales mucho para estudiar. Que se te da bien todo.

Ana Mari no preguntó nada más.

Algunos días más tarde, ya de madrugada, le despertaron voces que venían del dormitorio de sus padres.

—Pero ¿tú sabes lo que dices? —tronaba su padre en tono áspero.

Anita contestó en voz más baja, y Ana Mari no entendió lo que decía.

—¿Y justo ahora, con otro en camino? —contestó su padre—. A quién se le ocurre.

De nuevo una respuesta inaudible de su mujer.

—¿Y el gasto? ¿Qué hacemos con el gasto?

Para eso, al parecer, Anita también tenía una contestación.

Las voces de su padre bajaron de tono, y media hora después la casa se había sumido de nuevo en el silencio de la noche.

Por la mañana, mientras desayunaba café con leche y pan tostado sentada a la mesa de la cocina, su madre, que andaba en los fogones preparando los garbanzos para el cocido, le dijo sin mirarla:

—Dile a doña Filo que te prepare para el examen de ingreso. He pensado que vas a estudiar.

—¿Voy a ir al instituto?

Anita se dio la vuelta y la miró.

—Es lo que quieres, ¿o no?

—Más que nada en el mundo.

Se sonrieron.

—¿Y papá está de acuerdo?

Anita se encogió de hombros.

—Bueno... Dice que te tienes que comprometer a fregar el suelo todos los días y a ayudar con tus hermanos. Lo malo va a ser ahora decírselo a tu hermano Enrique.

—¿Por qué? —preguntó Ana Mari, sin ver la relación.

Su madre meneó la cabeza, preocupada.

—Porque el dinero que entra en casa da para lo que da, hija. Y lo que he pensado es sacarle a él de los Maristas para que vaya también al instituto. Así, con lo que nos cuesta el colegio de él ahora, os pagamos los estudios a los dos.

León, 1989

Ella no era mucho de discotecas. Con sus amigas del instituto iba al Berlín, al Lisboa, locales con nombres evocadores donde escuchaban música *underground* y se sentían parte de una comunidad exquisita que conocía ciertos discos y leía ciertos libros, o hablaba de ellos sin leerlos. Pero todo eso cambió cuando Natalia y Julia se fueron a estudiar a Madrid. Volvió a salir con Nieves, con Beatriz, amigas de la época del colegio, y empezaron a ir adonde iba todo el mundo. Primero, a hacer una ronda por el barrio Húmedo. Luego, a última hora, a los pubs de Lancia o de Burgo Nuevo. Y sí, alguna que otra vez, por pura desesperación, acababan en el Trianón, en la Tropicana o en otra de las discotecas tradicionales.

Para entonces, esa clase de sitios tenían ya algo de rancio y trasnochado. Las chicas bailaban en la pista, los chicos miraban desde la barra, y, a las tantas de la mañana, cuando ya todo el mundo estaba harto de sentirse torpe e incómodo, empezaba el flirteo. Ana odiaba aquel ritual. Se sentía como ganado en una feria, como una vaca o un caballo a punto de ser vendido al mejor postor. No entendía la pasividad con la que sus amigas aceptaban aquel ritual (o, al menos, ella tenía esa impresión). Todas las chicas que veía a su alrededor parecían conformes con la idea de «ser elegidas» y se cuidaban mucho de salirse de su papel. Por eso, nunca se enamoraban. Esperaban a que este o el otro les echase una mirada, les dijese algo, enviase una señal. Y entonces ya sí, entonces ya podía gustarles. A ella, esa pasividad le parecía innoble, bochornosa. Era un teatro en el que no pensaba participar. Cuando se enamoraba, no se andaba con subterfugios ni mantenía sus emociones a medio gas hasta ver cómo respiraba el chico. En lugar de eso, hacía lo que le parecía más honesto con ella misma. Se iba directa al chico en cuestión y le confesaba sus sentimientos.

Hasta el momento, aquella forma de gestionar su vida sentimental había tenido unos resultados desastrosos. El último chico con el que se había sincerado acerca de su amor le dijo muy claramente que ella no le gustaba. Además, le dio a entender que aquella confesión era del todo innecesaria, porque tanto él como toda la facultad de Biología estaban al tanto de sus sentimientos, e incluso tuvo la sensación de que le pedía que se comportase con un poco más de discreción en lo sucesivo, cosa que no era fácil para ella, porque jamás le hablaba a nadie de lo que sentía, ni hacía nada fuera de lugar, de modo que todo lo que el chico y los demás habían deducido lo habían sacado de las expresiones de su rostro, de sus silencios y de su manera de ponerse colorada cuando él andaba cerca, detalles sobre los que, por mucho que se esforzase, era improbable que llegase a tener un gran control.

Y así, por aburrimiento, por tristeza, una noche de sábado Nieves, Beatriz y ella terminaron en una discoteca. Olía a ambientador, alrededor de la pista de baile había sillones bajos de escay negro y jardineras con plantas iluminadas por focos verdes. La música era deprimente. Ana estaba cansada, había tenido exámenes. No le apetecía beber. Habría salido a bailar, pero sus amigas tenían normas muy exigentes en eso: si la pista estaba demasiado vacía, no se bailaba, porque suponía llamar demasiado la atención. Si estaba demasiado llena, tampoco, porque resultaba agobiante y nadie te veía. El resultado era que prácticamente no se bailaba nunca.

Por eso, se sentó con Nieves y Beatriz en los sillones negros para esperar a ver si la música mejoraba. Nieves fue a por algo a la barra, y ella cerró los ojos.

—Toma —dijo una voz masculina a sus espaldas—. Para ti.

Abrió los ojos y vio frente a ella un matojo de tallos largos, verdes y tiesos. Los acababan de arrancar de una de las jardineras. De un modo absurdo, los aceptó. Dijo: «gracias» y cerró los ojos de nuevo.

Quizá fue un gesto despectivo. Quizá el chico lo interpretó como un insulto, como una burla. O a lo mejor le pareció una invitación. Aunque lo más probable es que no se detuviese a interpretarlo.

Lo siguiente que supo Ana fue que el hombre había caído sobre ella y le estaba arrancando la ropa. Le estaba desabrochando los botones de la blusa delante de todo el mundo mientras le besuqueaba el cuello. Ella rehuía sus labios apartando la cara, pero eso solo dejaba más fragmentos de su escote y de su cuello al descubierto. El chico la agarraba con firmeza. Cuando intentó desasirse, se lo impidió. En sus esfuerzos por apartarse de él, se le cayeron al suelo los pendientes. Oía los chillidos espantados de Nieves y de Beatriz, pero sonaban remotos, como si ella estuviese sumergida en el mar con el extraño y sus amigas le hablasen desde fuera del agua.

En ningún momento llegó a verle la cara. Estaba demasiado cerca. Sí recuerda su camisa, de un blanco inmaculado, y su olor a colonia de hombre. No olía a alcohol.

Sus dedos eran muy rápidos, en un momento se encontró con los hombros desnudos, con sus manos quitándole la blusa. Podría haberle dado un bofetón, o una patada. Podría haberse puesto a chillar.

No hizo nada de eso.

Lo que recuerda es que, todo el tiempo que duró aquello, ella estuvo diciendo muy bajito que no, que no, que no quería.

No lo decía indignada. Era más bien una súplica. El chico se lo tomaba a broma. «¿Por qué no?», decía.

Beatriz y Nieves lloraban. Empezó a venir más gente. En pocos segundos, otros hombres le quitaron al acosador de encima. Lo apartaron entre todos, le preguntaron qué estaba haciendo, se lo llevaron a la barra.

Salieron las tres al pasillo que conducía a la salida. Parecía que estaban huyendo. Sus amigas la ayudaron a abrocharse otra vez la blusa, a peinarse un poco. Apareció uno de los amigos del agresor y ella se estremeció. Traía los pendientes en la mano.

—Perdona. Solo quería darte esto.

Ana cogió los pendientes. Se los guardó en el bolso. Estaba temblando de pies a cabeza.

—¿Por qué no hiciste nada? —le gritó Beatriz con los ojos llenos de lágrimas—. ¿Por qué no te defendiste?

No supo qué responder. Todavía hoy, cuando recuerda la pregunta, sigue sin encontrar una respuesta.

MADRID, 2021

De: Celia Fernández <celiafe@pizcamail.com>
Fecha: viernes, 1 de octubre de 2021
Para: Ana Alonso <ana.alonso@pizcamail.com>
Asunto: Re: Concurso de poesía

Querida Ana:

Gracias, mil gracias. Me has hecho ver más claro todo esto.
He hecho lo que me decías, he hablado con mis padres.
Han informado a la policía. Es lo que había que hacer, tienes
razón. Ser maja y comprensiva no significa tener que hacer
como que no te están insultando, humillando y machacando.
Mirar para otro lado y esperar a que todo pase no iba a
funcionar. La tutora también está contenta de que haya dado
el paso.

Claro que eso no ha mejorado mucho la forma en que me
mira la gente en el instituto. Ahora sí que me he convertido
en una especie de apestada social. Bueno, ya lo era antes,
¿a quién quiero engañar? Si no estás delgada y eres mona,
tienes que tener una personalidad de hierro para no sentirte
rechazada.

Supongo que me quedaré para siempre con el mote de la cerdita sonrosada. Eso no tiene remedio ya.

También he intentado lo otro que me decías, lo de escribir acerca de todo esto. He escrito cuatro poemas, te los mando. No me parecen muy buenos. No sé.

Bueno, solo quería darte de nuevo las gracias y decirte que me has ayudado mucho.

Un abrazo,

Celia

Benavente, 1925

—No puedo creer que estés aquí —Tina lloraba y cubría de besos la cara de su hermana—. ¡Cuánto te he echado de menos! Todos los días me voy a dormir con tus cartas en la mano.

—Ya no hará falta. He venido para quedarme. ¡Pero qué alta y qué guapa estás!

Era verdad. A sus dieciséis años, Tina era ya un poco más alta que ella, que había cumplido los dieciocho, y se había convertido en una muchacha preciosa, de rostro alegre y expresivo.

Anita también había cambiado. Caminaba muy erguida, como una dama elegante, y llevaba un vestido de talle alto que se había confeccionado ella misma. Tina dijo que el color le gustaba mucho.

—Se llama rosa pastel —explicó Anita—. ¿Y solo te gusta el color? ¿El corte no?

—Sí... pero es demasiado moderno para Benavente —opinó Tina—. Esto no es Madrid.

Luego, sin decir nada, señaló el pelo cortado de su hermana.

—Cuando te vea madre, se va a subir por las paredes —dijo—. A nosotras no nos deja cortárnoslo, dice que antes se muere.

—Ya os dejará, y no tendrá que morir nadie. ¿Dónde está?

—En su cuarto. Desde lo de Martina se pasa la tarde allí metida rezando. Ya casi no sale.

Los rostros de las dos chicas se ensombrecieron.

—¿Sabéis algo de ella? —preguntó Anita.

—A veces viene, cuando sabe que madre está despachando en la tienda. Nos da unos bombones y un beso y a los cinco minutos se marcha. Siempre llora la pobre. Lleva vestidos bonitos.

—En lugar de rezar tanto, lo que debería hacer madre es perdonarla —opinó Anita.

Tina la miró escandalizada.

—No digas esas cosas. Madre es mejor que todas nosotras juntas. Lo que pasa es que es muy recta.

—Muy recta, sí. No se desvía de su camino pase quien pase. Como un trolebús.

—¡¡Anita!!

La aludida se echó a reír.

Se abrazaron de nuevo.

—Voy a verla, a ver qué me dice.

Recorrió el pasillo y llamó con delicadeza a la puerta del dormitorio de sus padres. Una voz arenosa preguntó quién era. Entró.

La madre estaba tumbada en la cama. No se incorporó al verla.

—Así que has vuelto —dijo—. Ya era hora.

—Quiero establecerme por mi cuenta. Con lo que he aprendido en León, me saldrán encargos seguro. ¿Le parece bien?

En la penumbra del atardecer, la madre pareció encogerse de hombros.

—Tú siempre has sabido lo que querías —dijo—. No como esa pobre infeliz.

Era lo más parecido a un elogio hacia ella que Anita le había oído nunca. Se puso colorada.

—Lo haré lo mejor posible.

—Ya lo sé, ya lo sé. Aunque te tengas que dejar la vista. Allá tú, si es lo que quieres. ¿Llevas el pelo recogido, que no lo veo bien?

—No, madre. Me lo he cortado a lo *garçon*. Una modista no puede ir anticuada.

—Ahora resulta que la decencia está anticuada. ¡Vaya tiempos que vivimos!

La madre se giró en la cama y le dio la espalda. Había dado por terminada la conversación. Anita esperó un momento. Después salió del cuarto y cerró la puerta con suavidad.

Al domingo siguiente, Anita se puso un vestido de pingos para ir a misa. Eran la última moda en León, y quería que todo Benavente lo viera. Así sabrían lo que era capaz de hacer, y se darían cuenta de que ella estaba más adelantada que todas las maestras de los otros talleres juntas.

Cuando se encontraba arrodillada en la iglesia, oyó risitas y comentarios detrás de ella. Y al terminar la ceremonia, fue un infierno. Los niños se le acercaban a tirarle del vestido por detrás y luego salían corriendo entre carcajadas. Los mayores también se reían.

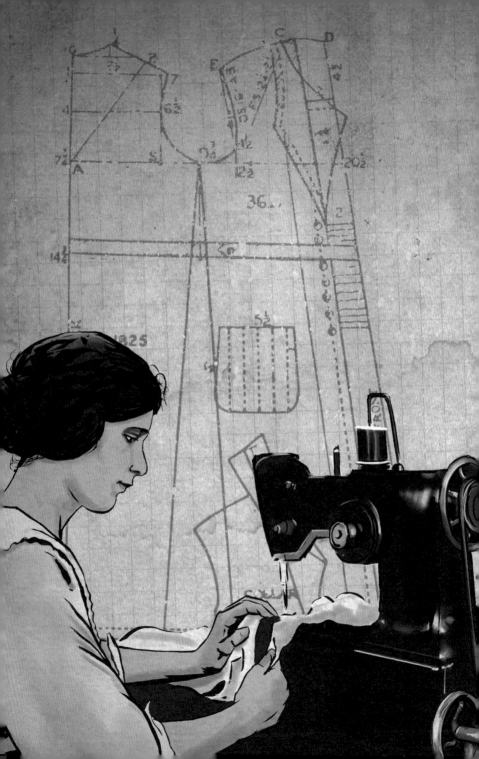

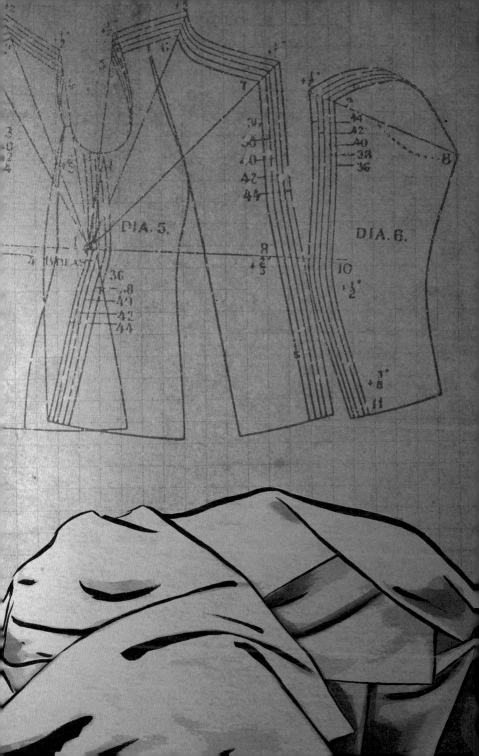

DIA. 5.

DIA. 6.

Llegó a casa sofocada y con los ojos llenos de lágrimas. No había sentido tanta vergüenza en su vida.

—Lo tiro —dijo, arrojando el vestido encima de la cama en cuanto se lo quitó—. No quiero volver a verlo en la vida.

—No lo tires, mujer, que es muy bonito —dijo Tina, que acababa de subir las escaleras y venía jadeando por la carrera—. Dámelo a mí, aunque solo sea para estar por casa.

Anita le dio el vestido con la condición de que no se lo pusiera nunca en su presencia. Aquella humillación le pareció el peor comienzo posible para su carrera de modista.

A pesar de todo, en las siguientes semanas empezaron a llegar las clientas. Eso sí, todas le decían lo mismo.

—Quiero que me haga un vestido con esta tela. ¡Pero no como el suyo!

Pronto corrió la voz de que cosía bien y deprisa. Los encargos se multiplicaron.

Y luego, como si a todos se les hubiese borrado de pronto la memoria, las peticiones de las clientas empezaron a cambiar, porque la moda de los vestidos de pingos había llegado ya a Benavente.

—Quiero un vestido como el suyo —le decían—. Como el que llevó aquel día a misa.

Por lo menos hizo treinta con aquel corte, pero ella nunca lo volvió a llevar.

León, 1946 a 1952

Pocos meses después de aquella conversación del desayuno, Ana Mari se examinó «por libre» de Ingreso y Primero. Fue un examen oral, y tuvo mucho de raro. El profesor hojeó sus datos y la miró con socarronería.

—Así que naciste en Benavente. Entonces sabrás quién es don Jacinto Benavente.

Ana Mari tragó saliva.

—Un escritor —contestó.

Al hombre pareció contrariarle que hubiese acertado.

—Dime una obra suya —exigió con aspereza.

—*La Malquerida* —replicó ella, porque daba la casualidad de que aquel libro era uno de los que tenía su padre en la vitrina de la galería.

—De Benavente también es un ciclista famoso. ¿Cómo se llama?

—Barrientos —dijo ella.

Después de aquella respuesta definitiva, se convirtió en alumna oficial del instituto.

Con el nacimiento de la nueva hermana, en casa estaban pasando estrecheces, así que no pudieron comprarle todos los libros a principio de curso. El de dibujo no pudo ir a recogerlo hasta diciembre. Aun así, por primera vez en su vida tenía libros. Y clases de Gimnasia, de Música y de Francés.

Mientras su vida mejoraba, la de su hermano Enrique no hacía más que empeorar. No había encajado bien el paso al sistema público de enseñanza. Se pasaba el día quejándose y diciendo que le habían destrozado la vida. Mientras fue alumno de los Maristas, todos los meses estaba en el cuadro de honor. En el instituto, en cambio, los honores brillaron por su ausencia. Más que nada, porque no iba. Uno de los profesores fue un día a ponerse unas inyecciones a la consulta de su padre, y, cuando él le preguntó por el chico, le dijo que lo conocía de nombre, pero de cara no, porque todos los días, cuando pasaba lista, le contestaban los otros que no estaba.

Aquel incidente fue el principio de muchas discusiones, peleas y dramas. Enrique parecía decidido a castigar a sus padres por la decisión que habían tomado arruinándose la vida a sí mismo. Decían en el barrio que andaba con unos que robaban llamadores de las puertas para luego venderlos en una chatarrería. Al final, terminaron sacándole del instituto y metiéndolo de empleado en Calzados Madrid. Al menos, allí lo tenían vigilado, y así no andaba por la calle.

Ana Mari se sentía bastante culpable por la deriva gamberra de su hermano. Al mismo tiempo, tenía otros muchos problemas. Le gustaba Lulo, un chico al que se encontraba de vez en cuando en el paseo de la Condesa, y creía que ella le gustaba a él, porque una vez, cuando se cruzaron, oyó que les decía a los amigos que «la del medio era imponente», y la del medio era ella, con sus nuevas amigas del instituto a los lados, y, aunque aquella afirmación podría haberle parecido un poco grosera, a ella le sonó más bien romántica, pero, en todo caso, él no volvió a decirle nada después de aquello, y pasaban las semanas y todo seguía igual, y ella se desesperaba, se desesperaba tanto que fue a confesarse, y don Nicolás, el cura, le recomendó que hiciese unos ejercicios espirituales, y allí les contaron muchas cosas sobre los pecados y el infierno, y volvió a casa aterrorizada. Entonces don Nicolás le dijo que ella podía ir para santa si quería, que él le enseñaría el camino. Le presentó a las aliadas, que eran todas señoritas de buenas familias y, aunque hacían votos como las monjas, vivían en sus casas, no en comunidad. A Ana Mari le cayeron simpáticas, sobre todo Angelines, que daba clases de Matemáticas y tocaba el piano. A ella, la gente que tocaba el piano le parecía más buena y más etérea, como de una categoría moral superior, así que pensó que por qué no, por qué no iba a hacer los votos ella también, si de todas formas Lulo no le hacía mucho caso, y empezó a ponerse medias en verano y a decirle a su madre que le subiese los escotes de los vestidos, y unos meses más tarde, con lo que había ahorrado de las clases particulares que daba, se compró sin decírselo a nadie la medalla, pronunció los votos y se convirtió oficialmente en la aliada más joven de León.

León, 1989

—¿Hoy tampoco vas a salir de paseo? —le preguntó su abuela Anita.

Su rostro bondadoso reflejaba preocupación. Para ella, una chica de diecinueve años que no salía de casa solo tenía un destino posible: terminar como las Monacas, aquellas vecinas suyas que eran solteras y se pasaban de la mañana a la noche sentadas en una silla, y ni siquiera se cortaban las uñas.

—Tengo que estudiar —contestó, como de costumbre.

La verdad era que no había estudiado mucho en los últimos meses. Después del incidente de la discoteca, le costaba trabajo concentrarse. Una y otra vez le venía a la mente aquella escena, oía los lloros de sus amigas, y la pregunta crispada de Beatriz: «¿Por qué no hiciste nada?».

Empezaba a pensar que había algo terriblemente equivocado en ella, en su mente. Solo así se explicaba lo que le había pasado. Algo debía de haber hecho, algún gesto sin intención, alguna mirada. Su cuerpo y su rostro enviaban mensajes de los que ella ni siquiera era consciente. Aquel compañero se lo había dicho cuando le confesó sus sentimientos. Él los conocía, todos los conocían ya. Quizá el hombre de la discoteca también había leído algo en su cara que ella ni siquiera sabía que estaba allí.

Dejó de ir a clase a primera hora de la mañana. Se dormía todos los días a las tantas, y no era capaz de levantarse temprano. Fue una pena, porque sus notas de Fisiología Animal bajaron del sobresaliente al aprobado. Incluso faltó a algunas prácticas.

Su madre, aunque andaba siempre muy ocupada haciendo cursos de integración escolar en el CPR, notó también que le pasaba algo.

—¿Ya no te pones pendientes? —le preguntó.

Ana se estremeció, a su pesar.

—Ya no me gustan.

Su madre arqueó las cejas, disgustada.

—Pues lo que te faltaba ya. Si ni te quieres peinar bien, ni te maquillas, ni te pones pendientes, luego no digas que no quieres hacerte fotos y que te ves fea.

—Si soy fea sin maquillaje, pues soy fea —replicó ella en un tono casi agresivo—. Yo no quiero disfrazarme para gustar. Quiero que me quieran tal y como soy.

Ana Mari sonrió con escepticismo. Ella había sido muy guapa de joven. Le costaba trabajo ponerse en la piel de su hija desgarbada y hosca.

—Cuando yo tenía tu edad, no me maquillaba tampoco, pero nunca tuve problema para gustarles a los chicos. Siempre tuve pretendientes a montones, hasta cuando era aliada. Cuando me salí, ya, ni te cuento... Yo gustaba mucho. Fíjate cómo sería, que mi hermano Enrique les vendía mis fotos del carné a sus amigos. Todos querían tener una foto mía.

Aquellas cosas se las decía, seguramente, para animarla.

Su padre nunca intervenía en aquellas conversaciones. Pero un día que ella se había puesto un vestido largo de color rosa sucio que había copiado de un modelo de Sybilla y se lo cruzó en el pasillo, oyó que le decía a su madre:

—¿Cómo puede esta niña decir que es fea? No lo entiendo. ¿Cómo puede decirlo?

Estaba en la mirada, pensó Ana mientras abría la puerta con una sensación de calidez reconfortante en el pecho. Su padre siempre veía algo bueno en ella. Cuando hacía un dibujo, le parecía el más delicado, con los colores más sutiles, mejor elegidos. Si hacía un comentario en la comida sobre algún tema de actualidad, él asentía con aprobación y le decía lo inteligente que era.

Su madre no la veía así. Nadie más la veía así.

Como no se concentraba durante las clases, empezó a escribir poemas cortos que casi siempre se le ocurrían en el trayecto a pie hasta la universidad. Eran poemas muy irónicos,

llenos de imágenes de la naturaleza, nada autocompasivos. Los fue guardando todos en una carpeta.

Empezó a escribirlos también por las noches, cuando llegaba a casa después de las prácticas en la universidad. Muchos hablaban de amor, o de abandono, pero también los había sobre todas las cosas que le gustaban de sus estudios de Biología: las aves, los árboles, las rocas, el funcionamiento de los volcanes.

Un día, salió un poema en el que aparecían un panal y un desierto. Un acuario también, y un océano. En ese poema contó el incidente de la discoteca. Contó lo que había significado para ella.

Lo guardó con los otros. Pensaba en él a menudo.

Apenas tres semanas más tarde, vio un anuncio en el *Diario de León* de un premio literario, y supo lo que tenía que hacer.

Madrid, 2021

De: Celia Fernández <celiafe@pizcamail.com>
Fecha: martes, 16 de noviembre de 2021
Para: Ana Alonso <ana.alonso@pizcamail.com>
Asunto: Soy yo

Buenos días, Ana. Ha pasado mucho tiempo desde la última vez que te escribí. Hace tiempo que quería hacerlo, y hoy por fin me he puesto.

Quería contarte que tuve en cuenta lo que tú me dijiste, y además estuve pensando sobre el problema de aquel vídeo que se hizo viral, ¿te acuerdas? Entonces se me ocurrió una cosa. Sobre algunos fotogramas del vídeo, monté los poemas de cómo me había sentido, los que te envié y algunos otros.

No te puedes imaginar lo que pasó después. De repente, la cerdita sonrosada tenía voz. Y parece que es una voz que ha llegado a mucha gente. Mi cuenta de Instagram se llenó de seguidores. Hay mucha gente que ha pasado por cosas parecidas. Mi manera de darle la vuelta... parece que ha ayudado a otras personas. Se ha convertido en una especie de fenómeno viral. Con el *hashtag* #soyyoyqué, otra gente ha empezado a colgar fotos en los que salen un poco ridículos acompañadas de frases acerca de cómo se sienten. Es una especie de #metoo de las víctimas de acoso por motivos de apariencia. A ver, no ha llegado a ser tan grande como el #metoo, desde luego... ¡Todavía!

Además, tengo otra cosa que contarte. Antes de que pasara todo esto me presenté a un premio con el libro de poemas que te pasé. Se ha fallado esta semana. ¡He quedado finalista! Eso significa que me lo van a publicar.

Como ves, han cambiado muchas cosas en mi vida. Y más que van a seguir cambiando.

Lo gracioso es que ahora parece que estaban todos de mi parte desde el principio. Es como si hubieran borrado de sus mentes lo que me hicieron. Me dejan comentarios en Instagram diciéndome cuánto me admiran... ¡Los mismos que se burlaban en el grupo de Whatsapp! ¿Cómo se puede ser tan falso?

Con Carlos es distinto. Él me lo ha dicho directamente, y sé que es sincero. Ahora hablamos mucho, pasamos juntos casi todos los recreos. Me ha contado que tiene novia. Es una chica un año mayor que nosotros que estudia en otro centro. Si te digo la verdad, no me ha importado demasiado. Estoy contenta de que seamos amigos. Es genial tener a alguien cerca con quien puedo mostrarme como soy sin avergonzarme de nada.

En fin. Muchas gracias una vez más por todo. Cuando salga el libro, me haría mucha ilusión enviarte un ejemplar, si me dices adónde.

Un abrazo,

Celia

Benavente, abril de 1925

La tarde de aquel domingo en el que le tiraron del vestido en la iglesia, Anita no quería salir a pasear por la Mota. El incidente estaba demasiado reciente, le ardía la cara al recordarlo... pero Tina la convenció de que, precisamente por eso, debía ir.

—Si no vas, es como si reconocieras que el vestido es demasiado atrevido o que has metido la pata —opinó—. Mira, salimos las dos con la cabeza bien alta y así se verá que no tienes nada de lo que arrepentirte.

Anita se puso un vestido de corte más bien anticuado y el collar de la abuela Ana. Aun así, tenía un aspecto muy moderno con el pelo cortado a lo *garçon,* como las chicas de las películas.

Tal y como temía, en el paseo de los artesanos las recibieron con murmullos y sonrisitas. Muchas mujeres la miraban de arriba abajo con descaro. Anita se cogía con más fuerza del brazo de su hermana y seguía adelante.

—A veces entiendo a Mari cuando decía que prefería el paseo de los señoritos —dijo—. Por lo menos, allí seguro que no son tan maleducados.

Su hermana se detuvo en seco, obligándola también a parar.

—¿Qué pasa? —preguntó Anita, sorprendida.

El rostro de Tina reflejaba una mezcla de conmiseración y miedo.

—No me digas que no te has enterado... —comenzó.

—¿Enterarme de qué?

—De lo que le pasó a la pobre Mari.

Aquel tiempo verbal que parecía desconectar lo ocurrido del presente le puso a Anita un nudo en la boca del estómago.

—¿Qué le ha pasado? Solo sé que hará cosa de un año dejó de contestar a mis cartas. Me dio mucha pena, la verdad. Es mi amiga más querida de Benavente... después de ti, claro.

Tina asintió con los labios levemente fruncidos.

—Deberíamos habértelo contado. No sé los detalles. Mari era muy guapa, demasiado guapa para ser pobre, en palabras de madre. Y ya sabes que le daba por andar con señoritos. Yo no sé qué se creyó la pobre. Se lio con uno de la familia de los Olivares. A lo mejor pensaba que se iba a casar con ella. La dejó embarazada.

Anita se tapó la boca, espantada.

—Es peor todavía —continuó su hermana, acelerándose como para animarse a sí misma a terminar el relato—. Cuando la madre se enteró, empezó a insultarle y a darle patadas. Ella no se defendía. La madre fue empujándola golpe tras golpe hasta la escalera. Y allí... Otra vez la empujó. Mari rodó hasta abajo y quedó inconsciente del golpe. Perdió a la criatura. La hemorragia no paraba, pero la madre misma ha contado que no quiso llamar al médico, porque ella no lo merecía. Se murió tres días después.

—No puede ser —dijo Anita en un tono extrañamente tranquilo—. Mari no puede estar muerta.

—Lo ha sentido mucho todo Benavente —dijo Tina, como si eso pudiera servir de alivio—. La gente la quería. Era una buena chica, solo un poco alocada. Estas cosas pasan porque algunas mujeres a veces no saben cuál es su lugar.

Anita miró a su hermana menor con fuego en las pupilas.

—No, no pasa por eso —dijo.

Había alzado la voz sin darse cuenta. A su alrededor, varios paseantes se volvieron a mirarla, pero en ese momento le daba igual llamar la atención.

—No pasa por eso. Pasa porque a las mujeres no nos dejan vivir. Nos ahogan, hagamos lo que hagamos está mal.

—No es así, Anita. No es tan difícil comportarse bien. Hay que andar con cuidado y no dejarse engañar como una tonta... Ya está.

—Mari no era tonta. La conozco desde los cinco años, y tonta no era. Era buena.

—Tú dirás eso, pero lo que hizo fue de malas mujeres.

—No. De malas mujeres es holgazanear, decir mentiras, descuidar a los hijos o tratar mal a las personas. Lo que ella hizo no fue ni bueno ni malo. ¿Por eso tenía que morir? ¿Porque vivimos en una sociedad injusta donde la gente como nosotras siempre lleva las de perder?

Tina la miraba entre arrobada y horrorizada.

—Esas cosas se las has oído a Pelayo, que anda siempre metido en líos revolucionarios —dijo en un murmullo—. Estamos en Benavente, aquí no puedes hablar así.

En ese momento se les acercó un muchacho guapo y bien arreglado. Miró a Anita directamente a los ojos y sonrió.

—Discúlpeme usted, pero no he podido evitar oír lo que ha dicho —se excusó con aplomo—. Lo de que esta sociedad es injusta. ¿Y sabe lo que le digo? Pues yo creo que tiene usted mucha razón. Las señoritas no suelen hablar de estas cosas, pero se nota que usted tiene más arrojo de lo normal.

—¿Lo dice por lo del vestido de esta mañana? —preguntó Anita, enrojeciendo hasta la raíz del cabello.

El joven se echó a reír.

—Pues sí, por eso también. Y bien bonito que era el vestido. Hizo muy bien en no dejarse avergonzar. Tengo entendido que quiere abrir un taller de corte y confección aquí en Benavente...

—Está usted muy bien informado —replicó Anita muy seria.

Tina se tapó la boca para cubrir su sonrisa. Enrique, de pronto, pareció intimidado.

—Bueno, ya sabe... En las localidades pequeñas como esta, las noticias vuelan. Por cierto, no me he presentado. Me llamo Enrique Alonso, soy practicante.

—Anita Pérez.

Se estrecharon solemnemente la mano.

—Bueno, pues no la entretengo más —dijo Enrique—. Solo una cosa... Si quisiera usted pasear conmigo mañana... Es decir, si a su encantadora hermana no le importa... Yo me sentiría muy honrado si... una parte del paseo...

Se detuvo. Los dos se quedaron frente a frente mirando al suelo, cohibidos.

—No se preocupe, Enrique —dijo Tina con mucha desenvoltura—. Mi hermana y yo vendremos a la Mota todos los días a partir de ahora, así que no dejará de vernos si pasea por aquí.

León, 1958

—No entiendo lo que me estás diciendo —dijo Angelines, mirando con fijeza a Ana Mari—. ¿Tú y yo somos amigas, o no somos amigas?

—Somos amigas —respondió Ana Mari sin dudarlo ni un segundo.

Estaban sentadas en un banco de Papalaguinda, cada una con una tarrina de helado vacía en la mano. Hacía bastante calor para ser ya comienzos de septiembre. Ese año no se estaba cumpliendo el dicho leonés según el cual, en León el verano dura de Santiago a santa Ana... O sea, un día.

—Entonces, ¿por qué no me has contado nada de tus dudas?

—Es que ya no son dudas. Es una decisión.

Angelines meneó la cabeza y sonrió incrédula. A pesar de cumplir con todos los reglamentos de la Alianza en lo relativo a la vestimenta, se las arreglaba para ir siempre elegante. Ana Mari la admiraba tanto como al principio. Era una persona que creía de verdad en los principios de la caridad, la humildad y la obediencia, y los llevaba a la práctica lo

mejor que podía, aplicándose a sí misma, cada vez que falla-
ba, buenas dosis de sentido del humor.

—Pero ¿cómo te vas a salir ahora, mujer? Con todo lo
que la Alianza ha hecho por ti. Cuando tus padres quisieron
quitarte de estudiar en cuarto, te buscamos clases particulares
para que pudieras seguir. Y luego, cuando tu padre se empeñó
en que te hicieses comadrona, nosotras te matriculamos en
Magisterio. Las buenas notas y el número dos en las oposiciones fueron mérito tuyo, eso no te lo voy a negar. Pero después
hemos seguido ayudando. Te pagamos la matrícula en Filoso-
fía y Letras en Oviedo para los exámenes libres. Y la estancia
en Sevilla para las oposiciones de Diez Mil.

—Ya lo sé. Y estoy muy agradecida. Precisamente por
eso quiero dejarlo. No puedo fingir que sigo creyendo en cosas en las que ya no creo. No sería justo ni para vosotras ni
para mí.

—Pero, Ana Mari... ¿Me vas a decir ahora que ya no
crees?

—Creo en Jesús. No he dejado de creer en él. Pero no
creo en los votos, porque nadie los cumple, por lo menos el
de obediencia y el de pobreza, y con el de castidad no me
voy a meter...

—¿No es el verdadero problema? ¿No hay un amor
por ahí?

Ana Mari hizo un gesto evasivo con la mano. Sí, había
algo parecido a un amor. Pero era un amor imposible, y no
quería pensar en eso.

—El problema para mí es el voto de obediencia, Angelines. Tengo veinticinco años y me he pasado la vida
obedeciendo. Y a mí no me gusta eso. Soy una persona

adulta, yo quiero tomar mis propias decisiones. No quiero obedecer.

—Pues no sé en qué te ha perjudicado obedecer las decisiones de la Alianza. Gracias a eso estás estudiando una carrera superior.

—Sí; pero no como yo quiero estudiarla, yendo a clase, pisando las losas de la universidad, como diría mi padre, que siempre ha admirado a los que lo han hecho. Él no pudo, el pobre.

—Ya, Ana Mari. Ni tú puedes tampoco. El mundo está hecho como está hecho. Para ir a la universidad hace falta dinero. Y ni siquiera así es fácil para una mujer.

Ana Mari jugueteó con la cucharita del helado. Tenía los ojos brillantes.

—Ya sé que no es fácil. Pero yo voy a ir. Voy a ir a estudiar Pedagogía a la Complutense. ¡Voy a estudiar a Madrid!

Angelines comprendió por fin. La miró con asombro.

—Espera, espera, espera. No me digas que te han dado la beca del Ministerio.

—Me la han dado. La pedí sin decirle nada a nadie y me la han dado. Entro directamente en tercero. Me pagan todo el sueldo de maestra, como si estuviera dando clase, y todos los gastos del Colegio Mayor. Es una beca muy buena, Angelines.

—Ya lo sé. Me alegro por ti.

Se miraron a los ojos, y Ana Mari vio que lo decía de verdad. En un impulso, la abrazó. Angelines, con esa tendencia suya a la socarronería y al buen humor, la apartó riendo.

—Quita, quita, Quijota. Qué bien te puso el mote doña Filo...

—Lo he contado tantas veces que te lo sabes como si la conocieras. De todas formas, tú me has dicho muchas veces que ser una Quijota no es malo.

—No tan malo como dice don Nicolás. O mucho me equivoco, o una de las cosas que peor llevas de esto de obedecer es la prohibición de leer novelas.

—Tengo que confesarte una cosa, Angelines —dijo Ana Mari, muy seria—. Esa prohibición... No la he cumplido nunca. Ni el primer año. Ni el primer mes. Nunca... Para que veas lo mala aliada que soy.

—Eso no te convierte en una mala aliada —dijo Angelines, seria también—. Podrías ser la mejor de todas si quisieras. Y no tienes que renunciar a la beca. Puedes ir a Madrid, cumplir tu sueño de ser universitaria.

—Ya... Comprometiéndome a esto y a lo otro, prometiendo que no leeré más, y que no iré al cine, ni a fiestas, ni a nada... Yo no quiero eso, Angelines. Si aceptase y cumpliese todas esas promesas, me sentiría muy desgraciada. Y si no las cumpliese, me sentiría todavía peor.

—Entonces, ¿qué vas a hacer?

—Entregar la medalla y seguir con mi vida.

Angelines asintió. Era lo bastante inteligente como para comprender cuándo no tenía sentido continuar insistiendo.

—No lo vas a tener fácil —dijo únicamente—. Ni siquiera cuando tengas el título de licenciada. La vida no es fácil para las mujeres profesionales.

Ana Mari asintió con gravedad.

—Eso ya me lo imagino —dijo—. Pero me las arreglaré.

León, 1990

—¿A que no sabes a quién me he encontrado en la librería Pastor? —preguntó su padre nada más llegar a casa—. A Gamoneda.

Estaba sonriendo, estaba sonriendo tanto que le costaba trabajo hablar. Ana y su madre lo miraron extrañadas.

—¿Y qué te ha dicho? —preguntó la madre.

Él seguía con los ojos fijos en Ana.

—Que has ganado un concurso de poesía. Que él estaba en el jurado. El premio ha sido hoy. Dice que se emocionó mucho cuando abrió la plica. Y que dijo... ¡pero si a esta niña la he tenido yo en brazos cuando tenía tres años!

A Ana se le llenaron los ojos de lágrimas. Se acordaba muy bien de Antonio Gamoneda, de su casa en medio del campo y de la huerta grande donde se rumoreaba que había unas tumbas. No recordaba haber vuelto a verlo desde aquellos veranos de la infancia en Boñar. Lo había leído, eso sí, y lo admiraba muchísimo.

Cuando se presentó al premio, no sabía que él estaría en el jurado. Era un premio nuevo, sin prestigio, sin demasiada dotación económica, un premio para estudiantes de la universidad. Mucho después vendrían otros, pero aquel fue, sin duda, el más importante de su vida. Se abrazó a su padre. Era la única persona a la que le había dejado leer los poemas antes de dárselos a una mecanógrafa que pasaba trabajos a limpio. Él solo le había dicho: «Son muy buenos». No le había hecho preguntas. Ni siquiera sobre el poema del panal, el desierto, el acuario vacío y las bocas harapientas. Ella no había mencionado en casa el incidente de la discoteca. Pero había contado ya, a través del poema, lo que quería contar.

Su madre se tomó regular la noticia. Se alegró, seguramente, pero parecía, sobre todo, preocupada. Quería saber si en los poemas se criticaba a la familia, si hablaba mal de ella. Esa misma tarde la llamaron para una entrevista del periódico local y vino el periodista a hacérsela a casa. Ana repitió cinco veces que en los poemas no había alusiones familiares; algo que, para cualquiera que los leyese, se revelaba claramente falso.

A través del periódico se enteró todo el mundo. Algunos de los compañeros de curso que más se metían con ella en la universidad cambiaron de golpe. La halagaban, decían que siempre lo habían sabido.

No hubo una ceremonia de entrega oficial. El premio consistía en un viaje a París y veinticinco mil pesetas. Le mandaron los billetes de tren y los bonos de hotel a casa, y el dinero se lo dieron en efectivo.

La misma tarde en que se lo dieron, llamó a Beatriz. No había vuelto a salir con ella y con Nieves desde el incidente.

—Ya me he enterado —dijo su amiga—. No sabes cuánto me alegro.

Ana sonrió.

—Te llamo porque quiero celebrarlo.

—Eso está hecho. —La voz de Beatriz sonó risueña al otro lado de la línea—. ¿Qué hacemos? ¿Pizzería?

—Vale, pizzería. Pero, antes, quiero que me acompañéis a comprarme unos pendientes. Y después de la pizzería, ¡quiero que vayamos a bailar!

COTECA
OPICANA

PUB PLATÓN

300 PTS

León, 2021

Para: Ana Alonso <ana.alonso@pizcamail.com>
Fecha: jueves, 18 de noviembre de 2021
De: Celia Fernández <celiafe@pizcamail.com>
Asunto: Re: Soy yo

Querida Celia:

No te imaginas la alegría que me ha dado todo lo que me cuentas. Tu libro de poemas es maravilloso, estaba segura de que te lo publicarían. Y, sobre el movimiento, #soyyoyqué, solo puedo darte la enhorabuena. Has ayudado a mucha gente a encontrar su voz. Me parece un logro increíble.

En el último correo mencionas el comportamiento un tanto inconsistente de tus compañeros de clase y dices que son «falsos». Yo creo, Celia, que no lo son. Cuando ahora se meten en tu *feed* y te dejan comentarios positivos, lo están haciendo con sinceridad. Cuando se burlaban de ti, también eran sinceros. El problema es que, para mucha gente, ser auténtico supone hacer en cada momento lo que creen que los demás esperan de ellos. Si el grupo se ríe, yo me río. Si el grupo aplaude, yo aplaudo. No es que no tengan una voz propia, es que nunca se han parado a escucharla y la ignoran sistemáticamente. No saben quiénes son, no se sienten cómodos mirando hacia dentro. Y alguien que nunca mira hacia dentro, es difícil que muestre empatía.

Lo que quiero decir con todo esto es que tu movimiento #soyyoyqué no está ayudando solo a las personas acosadas, sino también a los acosadores. A lo mejor, al escuchar esas voces dolidas que no vienen de la masa, que no son lo que se espera, empiezan a oírse también a sí mismos. Porque todo el mundo tiene una voz dolida dentro, una voz que no salió cuando tenía que salir, que no dijo lo que necesitaba decir, y que, si no encuentra espacio para expresarse, termina convirtiéndose en silencio cínico, en un vacío en el que solo resuena el eco de lo que otros han dicho.

Lo importante es entender que existen muchas formas de alzar la voz. Algunos lo hacemos escribiendo poemas. Otras, como mi abuela o mi madre, lo hicieron tomando las riendas de su vida cuando se dieron cuenta de que las estaban encaminando hacia un futuro que no les gustaba nada. Eso no significa que luego hayan tenido vidas de cuento de hadas. Ni yo tampoco. Pero nuestras vidas imperfectas tienen un significado para nosotras, porque las hemos elegido. Eso es lo que significa para mí «alzar la voz». Y ¿sabes lo mejor? Que es algo que está al alcance de todos los hombres y mujeres del mundo, y que nunca, nunca, es demasiado tarde para empezar a hacerlo.

Muchos besos,

Ana

Ana Alonso

Alzar la voz

Ilustraciones
de Luis F. Sanz

ANAYA

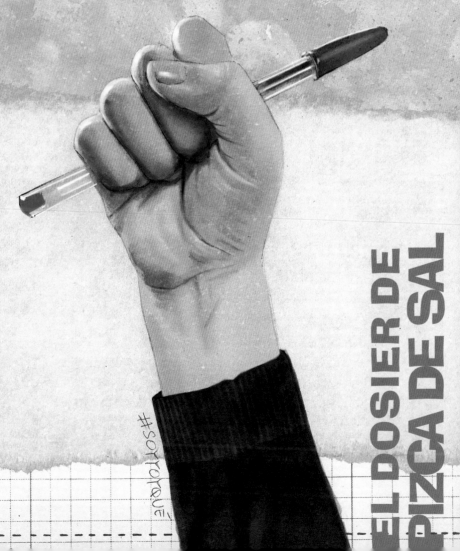

#soyorqué

EL DOSIER DE PIZCA DE SAL

Taller de autoficción

Alzar la voz

Este libro está inspirado en las vivencias de la autora y de algunas personas de su familia, pero no es una autobiografía. Uno de los personajes, Celia, es completamente ficticio, y el resto, aunque se basen en personas que existieron, también han sido modificados para convertirlos en personajes de ficción. La mayor parte de los sucesos que se narran ocurrieron realmente, pero en la historia se han transformado, ampliado o mezclado con anécdotas imaginarias para subrayar el eje temático que da coherencia al contenido: la lucha de las mujeres en cada generación por encontrar un espacio de expresión y autenticidad es distinta, pero siempre continúa.

Esta mezcla entre contenido autobiográfico y ficticio en una obra literaria es lo que se conoce como **autoficción.** En este taller vamos a explorar todas las posibilidades de este género y las formas de aplicarlo a tu propia escritura.

Sobre este taller

En estas páginas vas a encontrar numerosas ideas y propuestas para escribir autoficción.

Puedes empezar leyendo todos los apartados y eligiendo un ejercicio que te guste especialmente para desarrollar tu escritura a partir de ahí. Otra opción consiste en seguir paso a paso todas las propuestas y ejercicios. De esta forma explorarás un número mayor de posibilidades expresivas, y luego puedes elegir la que más te interese para profundizar en ella.

Antes de empezar a escribir sobre tu propia vida, puedes reflexionar sobre lo que crees que tienes que contarle al mundo.

- ¿Qué visión de ti mismo te gustaría transmitir?

- ¿Tu autoficción estaría pensada para recrear tu vida como ha sido realmente, o para reescribirla y darle otro significado?

- ¿Quieres basarte en tu personalidad para crear un personaje literario, o te propones expresarte tal como eres?

Para empezar a pensar sobre todos estos temas, elige cinco momentos de tu vida que te parezcan especialmente interesantes o que, sencillamente, recuerdes con claridad. Anótalos por orden cronológico (del más antiguo al más reciente) y resume brevemente lo ocurrido en ellos.

¿Por qué escribir sobre uno mismo?

La autoficción nos permite convertir nuestra vida en literatura. Pero, además, es un género que nos proporciona valiosas herramientas de introspección con las que podemos llegar a entendernos mejor a nosotros mismos e incluso encontrar claves para dar significado a lo que hemos vivido.

Escribir sobre ti mismo puede ayudarte a:

▶ **Ser más comprensivo contigo mismo**

Repasar ciertos momentos de nuestra vida y escribir sobre ellos nos puede ayudar a entender mejor nuestras motivaciones, a perdonarnos los errores y a mejorar nuestro autoconocimiento.

▶ **Conectar con tu yo más joven**

Tendemos a olvidar los detalles del pasado que nos inquietan y nos avergüenzan. Pero, al hacerlo, también olvidamos parte de lo que fuimos y de lo que soñamos para nuestras vidas. Escribir sobre nuestros «yos» del pasado nos permite ser más conscientes de los cambios que hemos sufrido y recuperar aquellos aspectos de nuestra antigua forma de ser que consideramos valiosos.

▶ **Entender mejor a las personas de tu entorno**

Al escribir sobre nuestra vida, nos vemos obligados a reinterpretar la influencia de otras personas sobre nosotros. Con la perspectiva que da el tiempo, a menudo descubrimos que cometimos errores al juzgar las intenciones de los demás. La autoficción es una oportunidad para dejar de verlos como figurantes en la película de nuestra vida y empezar a reconocerlos como personas reales.

▶ **Procesar y superar momentos traumáticos**

Cuando nos ocurre algo malo, a veces intentamos protegernos relegándolo al olvido. Pero eso nos impide procesar el trauma y entender las huellas que ha dejado en nosotros. Escribir sobre una experiencia traumática ayuda a asimilar el impacto que tuvo en nuestra vida y a superarlo de una manera consciente y proactiva.

▶ **Reescribir tu propia historia**

Los neurocientíficos han demostrado que, para el cerebro, no hay diferencia entre un recuerdo real y otro imaginario. No podemos cambiar las cosas que nos han pasado, pero sí la interpretación que les damos. ¿Por qué no ser creativos con nuestras propias vidas? Si algo nos hizo daño en el pasado, reescribámoslo para que nos enriquezca y se convierta en una palanca de crecimiento.

▶ **Compartir tus vivencias**

La escritura no es solo expresión, es también comunicación. Escribir sobre ti mismo te permitirá compartir tu historia con otras personas y darles a conocer aspectos interesantes de tu personalidad que hasta ahora han permanecido ocultos.

Formatos de la autoficción

Toda obra literaria en la que incluimos vivencias propias puede considerarse autoficción. Eso quiere decir que podemos escribir sobre nosotros mismos utilizando una gran variedad de géneros y formatos, desde los más fieles a la realidad (autobiografía) hasta los más alejados de ella (novelas).

Algunas propuestas:

Memorias literarias

Puedes recopilar algunos momentos importantes de tu vida a partir de tus recuerdos del pasado con el grado de realismo que consideres adecuado.

Diarios literarios

Suelen estar escritos en presente, al hilo de los sucesos de cada día. Pero un diario literario tiene una intención artística. No se trata solo de consignar lo que nos pasa, sino de transmitir nuestra interpretación del mundo y nuestros pensamientos y reflexiones.

Autobiografía

Es un relato de nuestra propia vida en orden cronológico y en clave realista, procurando no incluir personajes o sucesos ficticios en la narración (aunque sí podremos introducir diálogos o pensamientos imaginarios para reconstruir conversaciones o reflexiones olvidadas).

Novela o relato de autoficción

Consiste en mezclar con libertad sucesos y detalles de nuestras vidas con otros ficticios con un propósito estético.

Novela con algunos elementos autobiográficos

En este caso, en la novela predominan los sucesos ficticios, aunque se hayan incorporado algunas anécdotas personales del autor o un personaje con el que este se identifique.

Otros géneros

Se puede utilizar cualquier género narrativo para escribir autoficción. Prueba, por ejemplo, a narrar un desencuentro con un amigo o una decepción amorosa en un relato de ciencia ficción o de fantasía épica.

La poesía también es autoficción

La poesía es quizá el género más **intimista**, el que permite a los autores expresar su mundo interior con mayor libertad.

A menudo, los poemas están escritos en primera persona, y damos por hecho que transcriben directamente la experiencia del poeta o sus opiniones. Sin embargo, esto no siempre es así. El **yo poético** no es el yo real del escritor, sino un personaje que coincide con él en algunos aspectos y no en otros. A esto se refería el poeta portugués **Fernando Pessoa** cuando escribió:

> *El poeta es un fingidor:*
> *finge tan completamente*
> *que hasta finge que es dolor*
> *el dolor que en verdad siente.*

El propio Pessoa se inventó varios **heterónimos,** es decir, varios personajes de poetas, cada uno con un estilo y una manera de ver el mundo que se reflejaba en su obra. Publicó libros bajo los nombres de Alberto Caeiro, Álvaro de Campos, Ricardo Reis y Bernardo Soares, además de con el suyo. Los libros de cada poeta-personaje tienen una estética y unas preocupaciones características, aunque todos sean obra de Pessoa.

Taller de autoficción 1: El tema

A la hora de escribir sobre tu vida, una buena forma de empezar es escoger un tema, es decir, una idea sobre ti o sobre el mundo que quieras transmitir, una tesis que quieras demostrar o refutar, una pregunta que necesites plantearte, etc.

Elige tres temas de los que se proponen a continuación:

El descubrimiento de la amistad.

La superación de un prejuicio.

El valor de la libertad.

El sentido del humor.

La riqueza que aporta la diversidad.

La resiliencia frente la adversidad.

La importancia de los hermanos (abuelos, primos, padres, etc.).

La sed de aventuras.

La nostalgia de la infancia.

El miedo a cambiar.

Para cada tema de los que has elegido, plantéate las siguientes cuestiones:

▶ ¿Qué momento o **momentos de mi vida** podrían ilustrar estos temas? Explícalos resumidos.

▶ ¿Qué he **aprendido** sobre este tema a lo largo de mi vida? ¿Cómo lo aprendí?

▶ ¿Qué personas me han **enseñado** más sobre esta cuestión?

▶ ¿Qué **lugar, objeto** o **personas** asocio a ese tema?

▶ ¿Qué **libros** o **películas** sobre ese tema me han influido más?

Taller de autoficción 2: La acción

A partir de la selección de temas del apartado anterior y de las situaciones que asocias con cada uno, elige un tema y tres momentos de tu vida relacionados con él.

Para cada uno, sigue esta secuencia:

1. Utiliza la **escritura rápida** para recoger, sin pararte a pensar, tus recuerdos sobre ese momento.

2. Quédate en silencio, **visualiza el momento** e intenta recuperar tus emociones asociadas a él. Escribe sobre ellas.

3. ¿Alguien más vivió contigo ese momento? Hazle una **entrevista** y recoge sus recuerdos.

4. **Contrasta** tu vivencia de ese momento con la de otras personas (si has contestado afirmativamente al apartado anterior).

5. Escribe una **interpretación** de lo que ese momento ha significado en tu vida.

6. A partir de todos los ejercicios anteriores, narra ese momento en forma de **relato corto.**

Una vez que hayas repetido el ejercicio con los tres momentos, escribe un relato más amplio relacionando los tres y asociándolos con el tema que has elegido como hilo conductor.

Taller de autoficción 3: La forma

A partir del ejercicio anterior o de otros momentos que recuerdes de tu vida, puedes experimentar con diferentes formas de narrar y expresar. Aquí te proponemos algunas:

► Narra ese momento a través de **conversaciones telefónicas** tuyas con otras personas en las que indirectamente se vaya contando todo lo sucedido.

► Cuenta uno de esos momentos de tu vida como si lo estuvieses viviendo en **presente** y con la edad que tenías entonces.

► Imagina que eres una persona muy anciana y que mezclas los recuerdos de ese momento con las vivencias asociadas a la vejez.

► Cuenta ese momento como una narración puramente **objetiva,** sin incluir tus emociones e interpretaciones.

► Cuenta ese momento solo como lo viviste en tu **interior,** sin describir los sucesos exteriores.

► Cuenta ese momento desde el punto de vista de tus pies.

► Cuenta ese momento utilizando como narrador el **lugar** donde ocurrió (una casa, un bosque, etc.).

Las listas de Sei Shonagon

Uno de los ejemplos de autoficción más interesantes en la historia de la Literatura es *El libro de la almohada* de Sei Shonagon, una dama de la corte imperial japonesa que vivió hacia el año 1000.

En ese libro, ella habla de sus emociones, de pequeñas anécdotas del **día a día,** y lo mezcla todo con poéticas listas que expresan su peculiar forma de entender el mundo. Por ejemplo, tiene una lista de cosas que emocionan, de cosas encantadoras, de tipos de nubes, de cosas odiosas...

Puedes jugar con este formato y hacer varias listas imaginativas que expresen tu visión del mundo.

Taller de autoficción 4: El tono

Independientemente de la forma que elijas para tu relato de autoficción, puedes experimentar con distintos tonos. Aquí tienes algunas ideas:

Tono periodístico

Intenta enfocar tu narración con rigor y objetividad, sin caer en el sentimentalismo. Para eso es conveniente:

- Describir los hechos con **términos muy precisos.**
- Utilizar numerosos **verbos de acción.**
- Evitar las frases muy largas de sintaxis compleja.
- Evitar el exceso de adjetivación.
- Utilizar **pocas figuras literarias,** pero muy potentes y poco convencionales.

Tono poético

Aquí puedes mezclar tu narración con reflexiones, ensoñaciones e interpretaciones de todas clases. El objetivo es profundizar en las emociones sin caer en la sensiblería.

- En lugar de nombrar directamente las emociones que sentías, **describe** cómo afectaban a tu cuerpo, a tu rostro, a tus ideas, a tus percepciones.
- **Hazte preguntas** sobre lo que pasó, aunque suenen ingenuas, y deja que las respuestas fluyan de una manera natural.

- Elige algunos **detalles concretos** que el lector pueda imaginarse con facilidad: un objeto, un aroma, un sonido... Si no están en tu recuerdo inicial, añádelos. Después de todo, la autoficción tiene mucho de ficción.

- Incluye alusiones a libros que has leído, conversaciones, películas, arte, música...

- Utiliza las **elipsis** y los **silencios:** a veces, tiene más fuerza callar algo o dejarlo solo esbozado que narrarlo con todo lujo de detalles.

Tono cómico-irónico

El humor es una herramienta de autoconocimiento magnífica y puede dar mucho juego en un relato de autoficción. Aquí tienes algunas ideas para crear un monólogo cómico sobre el momento decisivo de tu vida que hayas elegido:

- Describe tus vivencias más dramáticas vistas por tu **perro,** por un **vecino** o por un **extraterrestre** que no comprende nada de lo que está pasando.

- **Exagera** las situaciones más dramáticas hasta llegar al absurdo.

- Introduce una **progresión de sucesos** cada vez más dramáticos hasta culminar en una conclusión grotesca e inesperada.

- No temas **explicar tus errores,** o las cosas extrañas que pensabas entonces. No se trata de que te ridiculices a ti mismo, sino de que compartas aquella manera de ver el mundo con una mirada cariñosa hacia tu yo del pasado.

- No caigas en la burla ni en el patetismo excesivo.

Taller de autoficción 5: El hilo de la memoria

En los últimos años, los científicos han realizado descubrimientos asombrosos sobre la memoria. Resulta que no es un almacén donde todos los recuerdos estén clasificados para cuando los necesitemos. Los recuerdos no están ahí, esperándonos; se construyen cada vez que intentamos recordar.

Por eso, cada vez que recordamos un mismo suceso, lo hacemos de manera distinta. ¡La memoria reconstruye nuestra historia personal utilizando los mecanismos de la ficción! Eso significa que todos somos novelistas de nuestras propias vidas.

El orden de los hechos

Generalmente, intentamos organizar nuestros recuerdos siguiendo un orden cronológico, desde los más antiguos a los más recientes o al revés. Es la misma estructura que utilizamos en las narraciones: Empezamos por el principio y contamos los hechos en el orden en el que supuestamente sucedieron. Pero ¿por qué no enredar el hilo de la memoria y explorar otras ordenaciones posibles?

Empieza «in media res»

No hace falta que empieces a narrar una anécdota por el principio. Empieza en el momento culminante, o, como decía el escritor latino Horacio, «in media res».

Juega con los *flashbacks*

También puedes empezar por el final e ir hacia atrás en tu narración utilizando la técnica del *flashback*, que es como un fogonazo del pasado que nos asalta en el presente. Puedes mezclar una acción cercana a la actualidad con *flashbacks* de otro suceso más lejano en el tiempo.

Rompe el hilo

Si quieres probar un camino más experimental, rompe completamente el eje cronológico de tus recuerdos y entremezcla vivencias de épocas distintas sin seguir una secuencia temporal. Eso sí, procura que el orden que elijas tenga una intención expresiva clara y comunique algo.

Taller de autoficción 6: El monólogo interior

Todos hablamos constantemente con nosotros mismos. Pero no se trata de conversaciones estructuradas. En nuestra corriente de conciencia se entrelazan las frases completas con las que solo están esbozadas, las palabras sueltas, las imágenes... La técnica del monólogo interior intenta reproducir este torrente de pensamientos, ensoñaciones, percepciones e imágenes de una manera literaria, y ha sido utilizada por escritores tan relevantes como James Joyce o Virgina Woolf.

Y tú, ¿te atreves a escribir un monólogo interior? Prueba a seguir estos pasos.

1. **Escribe** durante quince minutos todo lo que se te venga a la mente sin filtrarlo. No vuelvas atrás, no te preocupes del estilo ni de la puntuación. Sencillamente, apúntalo todo.

2. **Separa** lo que has escrito en párrafos. Coloca cada párrafo al principio de una página en un procesador de textos. Completa la página escribiendo todo lo que te venga a la cabeza, sin filtrar, a partir de ese párrafo (después de releerlo).

3. **Lee** todo el material que has escrito. Elige los pasajes más interesantes de cada página y descarta el resto.

4. **Enlaza** los pasajes que has escogido para producir un texto vibrante que conserve la espontaneidad del ejercicio original, pero con una mínima estructura que lo relacione todo.

Y ahora, ¡alza tu voz!

En estas páginas has explorado diferentes herramientas literarias para escribir autoficción. Ha llegado el momento de que las utilices con libertad... para contar lo que tú quieres y como quieras.

Seguro que se te ocurren un montón de posibilidades, y aquí te ofrecemos también algunos puntos de partida para comenzar tu exploración.

▶ Empieza a escribir sobre ti a partir de un comentario de una **noticia** del periódico de hoy.

▶ Mira los cinco últimos «me gusta» que has dado en **Instagram** y piensa qué reflejan sobre ti. Empieza a escribir sobre ti a partir de ahí.

▶ Escribe una historia del último año de tu vida a partir de tu *feed* de Instagram o de otra **red social.**

▶ Escribe **cartas** a tu yo del futuro durante varios días.

▶ Apunta todas las **reflexiones** que te parezcan interesantes durante una semana y escribe un texto entremezclándolas con la narración de tus principales actividades en esos mismos días.